内モンゴル現代文学の礎を築いた
詩人・教育者・翻訳家

サイチンガ研究

都馬バイカル

論創社

まえがき

私がサイチンガについて研究を始めたのは、一九八七年のことである。当時、内モンゴル師範大学大学院で、日本占領時代の徳王政権下でのモンゴル民族の教育について研究を進めていた。しかし内モンゴル自治区にあるすべての図書館を見渡しても、私が研究するテーマに参考となりそうな資料としては、『蒙疆年鑑』と数篇の回想録程度しか所蔵されていなかった。そのため、大学院での三年間は、百名以上の存命していた当事者に聞き取り調査を行うことで、修士論文をまとめるしかなかった。

修論では、教育制度、教育目的が異なる各種の学校、教育内容と教科書、特別教育としての日本留学教育などの実態を明らかにした。さらに中国では「奴隷化教育」、「植民地教育」として完全に否定されていた日本占領地におけるモンゴル民族への教育は、モンゴル民族の教育史上で、ある意味で特別な発展時期であったこと。「植民地教育」とはいえ、それはモンゴル民族にとっては啓蒙教育であり、近代教育でもあった。またその教育により、内モンゴルでは数多くの近代的文化人があらわれ、その代表的な人物の一人がサイチンガであったことも論述した。

来日以降、私の主な研究領域はモンゴル宗教史と日本占領時代の徳王政権下における教育史の二つであった。特に後者では教育に関する資料の収集と人物の研究に重点を置いてきた。なかでもサイチンガについては継続的にその研究を進めてきた。

研究の一環として、日本では初めてのことだが、サイチンガに関する講演会、記念座談会を企画し、開催した。なお、一九九六年から三回にわたって『東洋大学大学院紀要』に「サイチンガの人と作品」を発表したことで、日本でもサイチンガに関心を持つ研究者が現れ始めた。

また二〇一〇年、桜美林大学北東アジア研究所が刊行した『満蒙の新しい地平線〜衛藤瀋吉追悼号』には「サイチンガの人と作品ー日本統治時代を中心として」を掲載した。

こうした研究活動の成果として、二〇一三年にはモンゴル国から『モンゴルのためにつとめた詩人―サイチンガ伝』（単著）を、二〇一四年には中国内モンゴル自治区から『サイチンガの作品』（監修・解説）を出版した。

二〇一四年には中国人民大学西域歴史文化研究所の協力により、サイチンガ生誕一〇〇周年記念国際シンポジウムを企画し、開催した。

以上が本書の内容に関わる私のこれまでの研究活動である。

本書は三部から構成されている。

第Ⅰ部の「サイチンガの人と作品」は、東洋大学大学院紀要に掲載された同名の論文を大幅に加筆、修正したものである。特に近年、中国とモンゴル国及び日本で発見されたサイチンガに関する資料と研究成果を活用しながら、サイチンガの生涯と作品をより包括的、客観的に論述することに努めた。

第Ⅱ部の「文学テクストのオリジナリティ喪失と変容―サイチンガの『沙原・我が故郷』について」は、二〇一四年中国人民大学で開催された「サイチンガ生誕一〇〇周年記念国際シンポジウム」で口頭発表したものに手を加えたものである。

一九四一年、日本占領時代に出版されたサイチンガの代表的な作品『沙原・我が故郷』を、一九八七年版テクストと一九九九年版テクストとを比較しながら、一九九九年版テクストに顕著に見られる原本からの削除・加筆・改竄した意味とその背景について分析した。

第Ⅲ部の「サイチンガと東洋大学」は、中国人民大学西域歴史語言研究所の『西域歴史語言研究集刊』（二〇一八年）に掲載した論文を基としている。サイチンガの東洋大学での勉学について、かなり誤解があったことを指摘した。私は東洋大学に保管されていたサイチンガの成績表を参考にしながら、サイチンガの履修した三七科目とその成績について触れ、数名の科目担当教員について紹介した。特に英語の担当教員三木春雄教授の影響について論述した。

サイチンガは、内モンゴルの激動の近、現代史を生きた人物である。この一人の人物の生涯は、もののみごとに内モンゴルの歴史を示していて、その意味では、サイチンガは内モンゴル近、現代史の〝歴史の証人〟とも言える。

一個人が歴史の荒波を乗り越えられず、時勢に流されることはたびたび起きる。サイチンガも内モンゴルの歴史の流れと重なるように、対立と矛盾、妥協に満ちているように見える。いやだからこそモンゴル人にとって彼はまさに、正しさと誤ちの両方をその身に背負いすぎた正直な文化人と言えるのではないだろうか。

彼は中国全土にわたって吹き荒れた無慈悲な「無産階級文化大革命」(一九六六〜一九七六)の混乱の中で、さまざまな非難と迫害を加えられながら、一言の自己弁明もできないまま、沈黙のなかでこの世を去った。

しかし今日、あらためて歴史を振り返ると、内モンゴルにとって二〇世紀半ばに文化的、教育的、社会的な面で際立って重要な役割を果たしたサイチンガという人物を抜きにして語ることは考えられない。その意味からも、私はサイチンガが内モンゴルの文化的、社会的な発展にとってどのような功績を残したのかを、彼の生涯と作品を通してあらためて考えてみたいと思う。

二〇一八年三月

サイチンガ研究——内モンゴル現代文学の礎を築いた詩人・教育者・翻訳家　目次

まえがき

第Ⅰ部　サイチンガの生涯とその作品

サイチンガ（sayičungɣ-a、賽春嘎、一九一四年二月二十三日〜一九七三年五月十三日）は、内モンゴルで最も著名な作家、国民的な詩人、優れた翻訳者、内モンゴル現代文学の創始者として知られている。彼は内モンゴルの教育、新聞、出版事業と民間口承文芸の収集・整理などの分野でも重要な役割を果たした人物である。

日本支配下での彼の文学作品、その中でも特にチンギス・ハーンを讃え、モンゴル民族の復興を呼びかけた作品は全モンゴル民族の文学史上、特別な地位を占めていると言える。遊牧民の家に生まれた彼は、中国北洋軍閥と国民党の統治及び日本軍の支配という波乱と激動の時代をみずから体験し、さらに日本とモンゴル国（当時のモンゴル人民共和国）への留学経験を持っている。

彼は内モンゴルの自治、独立、そして全モンゴルの統一の為に積極的に言説を発表し、社会的に活動した。内モンゴル自治区成立後は、同自治区の文化的な建設にかけがえのない役割を果たし、多くの実績を残した。歴史的な人物の多くがそうであるように歴史の変転、時代の変化に際して、精一杯情熱とエネルギーを注いで生きた人物である。

1　少年時代

（1）時代背景

孫文の清朝打倒のスローガンの一つに「満蒙を追い出し、中華民族を復興せよ」[1]という呼びかけがあったが、一九一一年に起きた辛亥革命は満州人支配の清王朝をようやく打倒することに成功した。この歴史的な政治的変動に応じて、外モンゴルの宗教主ジェブツンダンバ・ホトクト[2]が外モンゴルの独立を宣言した。これをロシア領にあったブリヤート・モンゴルと、内モンゴルの諸地域が積極的に支援した。

独立を宣言したばかりの外モンゴルは、一九一二年の冬、内モンゴルとの統一をめざして、軍隊を派遣して、内モンゴルのウランチャブ、チャハル、シリンゴル、ジョーオダなどの地域に入った。しかし翌年、バトハーラグ（百霊廟）、ドロンノール（多倫）、林西で中華民国軍と激しい戦闘を展開し、撤兵を余儀なくされた。

その頃、大アジア主義を謳う日本の川島浪速が北京に入り、内モンゴルの近代化の先駆者の一人であるグンサンノルブと密約書[3]を交わした。分散されていた内モンゴルの諸部を統一するための機関を設立するというものだった。この密約に従って、日本側は武器を提供し、モンゴル人による軍隊を組織して、「満蒙独立」運動を支援した。

一九一二年になると、中国を事実上支配し始めていたのは北洋軍閥で、新しく生まれた中華民国は軍閥間の争いが絶えず、統一国家とは名ばかりの混乱状態に陥っていた。それにも関わらず、いずれの軍閥が政権を牛耳っても、内モンゴルの独立、統一、自治についてはまったく認めようとはしなかった。しかも外モンゴルの独立さえ承認しようとはしなかった。サイチンガの故郷では、外モンゴルと統一するための中華民国軍との戦いは長く続いた。その戦闘のなかで、リーダーだったムートンガ（一八八二〜一九一八）が中国軍に捕えられ、一族の老若男女一六人が惨殺されるという事件が起きた。しかしモンゴル草原ではそれでもなお民族の独立を求める戦いは止むことなく続いていた。

当時、内モンゴルでは独立、統一、自治など、さまざまな主張に基づいたそれぞれの動きが発生していた。この動きは一九一二年のフルンボイルの独立を始め、東モンゴルの独立、チャハルの独立、そして徳王による百霊廟モンゴル高度自治運動まで、一連の自治要求と建国運動は、一九四七年の内モンゴル自治政府成立まで続くことになるのである。

サイチンガはこのような激動の時代に生まれ、青少年時代を送ったことになる。

(2) 一生の信条

サイチンガは一九一四年二月二十三日、モンゴル大ハーンの直系部族の末裔であるチャハル・ナイマン・ホショー（察哈爾八旗）のグルフフ・ホショー（正藍旗）第一ソム（佐）[4]の遊牧民であるキヤト部ボルジギン氏のナスンデルゲルの次男として生まれた。[5]父親は勤勉で、常に役人の補助役や軍役に就かされ、競馬の調教師でもあった。彼はモンゴル文字を解し、サイチンガに「ドルジ・ゾドブ」と「ツァガン・シヒリタイ」などの仏教物語を読み聞かせていた。サイチンガの最初のモンゴル語の先生は間違いなく父親だったと言えるだろう。母親のドンジマは民謡や物語が得意であった。祖父のシャガダルは、「qoɣulai-yin šaɣdar」（喉シャガダル）と称されるほど歌が上手だったという。大叔父は人徳が高いラマ医師であり、競馬の調教師でもあった。サイチンガは、大叔父からもモンゴル文字や仏教について教えられた。二番目の叔父ウレゲンは胡弓、横笛、琴などの楽器に優れ、祝日や結婚式などの行事での賛辞や祝福辞の語り手であり、地元モンゴル相撲大会でよく優勝する力士でもあった。

当時のモンゴル一般家庭よりサイチンガの家庭は、比較的開放的であり、伝統文化の雰囲気が漂う家庭でもあった。特に母のドンジマの民謡と物語は、少年時代のサイチンガに多大な影響を与えた。幼い頃から受けた伝統文芸、とりわけ口承文学の影響がサイチンガの以後の文学創作の源泉となった可能性が大きい。彼は後年、詩人としてその名が知られるようになった後も、伝統文芸から学ぶ、即ち遊牧民から学ぶことを大切にしていた。サイチンガは、「父の語る物語と母の歌」は、人を「文学に導く最初の先生である。幼い頃に受けた影響は消えずに残る(6)」と一九五九年にある文学青年に語ったことがある。

サイチンガは六人兄弟の次男であった。当時のモンゴル社会の習慣によって、この家の長男と三男、五男はそれぞれ七才頃に出家してラマ寺院に入り、ラマ僧になっている。サイチンガは両親から「常に勤勉に働けば生活ができる(7)」と教えられ、幼い頃から母親の仕事を手伝っていた。弟と妹の子守をしたり、燃料となるアラガル（牧草を食べた牛の乾いた糞）と柳の枝を拾ったり、家畜の面倒を見たりしていた。秋になると、兄弟や友人と一緒に近くの沙原に行って韮の花を摘み、それを漬物にしていた。

彼は両親から「嘘をついてはいけない。他人の物を盗んではいけない。他人の為に善行を積み、自分自身を大切にしなさい(8)」という仏教的な家庭教育を受けて育った。これは後にサイチンガの生涯の信条となった。サイチンガは日常生活でも、常にその信条を実践することに努め、文化大革命での「見たことも、聞いたこともなかった様々な残酷な拷問(9)」

を受けた非常時においても、彼はその信条を貫いた。

サイチンガは十二歳の時、家族から離れ、所属ソムのザンギ（中国語の音訳は「章京」で、地方の役所の長官）の下働きとなった。しかしそこで目にしたものは官吏たちの残酷さだった。

日中戦争終結後、モンゴル人民共和国（現モンゴル国）に留学していたサイチンガは、一九四七年五月二日に「我が学校」という詩を書いているが、その中の一節に、

アヘンの煙を
鼻いっぱい吹き出し
見るたびに睨らまれ
残忍な官吏だった。
官吏先生の鞭を
背中に受けつつ
奴隷化の教えを
ふらつくまで覚えさせられた(10)

（チョルモン訳）

とある。

サイチンガがザンギの下働きとなったのは、父親と叔父から少し習ったモンゴル語を、更に学習し、自分のものにしたかったからであった。官吏に殴られるという体験が、外の社会に初めて飛び出したサイチンガに苦い認識をもたらすことになった。「私は自分の家で、両親と一緒にずっと働けたらどんなに素晴らしいだろう[11]」と、家族への恋しさを募らせる一方で、抑圧されず、自由に働ける環境への憧れを強く持つようにもなった。

体罰を加えることにためらいのない官吏先生のところでの学習体験こそ、サイチンガが最初に入った「学問の場」であった。このモンゴルでの伝統的な教育方法の体験は、後に西スニト旗で行った教育改革で、真っ先に体罰廃止の実現に向けて行動させていくことになるのである。

(3) 沙原の故郷

サイチンガの故郷はチャハル草原の沙漠地帯にあった。この地域には沙丘、沙原、川、湖と沼があり、点在する草原があり、そこには家畜の餌となる多くの種類の植物が生い茂り、人間も食べられる赤葱や韮や杏など二〇種類以上の天然の野菜や果物が豊富にあった。少年時代のサイチンガにとっては、友達とその果物を採って食べることは一生の懐かしい思い出になった。草木の間には狼、狐、兎など野生動物が走り回り、川と湖には魚が泳いでいた。牧民は魚を、「死んでも目を閉じない聖なるもの」と考えていたため、決して口にしようとはしなかった。それればかりか、たとえば川の氾濫で川岸に打ち上げられた魚を川に一匹戻すと、千匹の魚を救ったことになると信じていた。春になると白鳥をはじめ、たくさんの渡り鳥が飛んで来て、川や湖の葦に巣を作り、雛を育てた。

サイチンガは故郷の高い沙丘、特にモリン・チャガン丘によく登り、周辺の景色を眺めながら、大自然の雄大さに感動し、好んでその大自然の中に溶け込んでいった。日本留学中の夏休みに帰省した際、家族と共に高い丘に登り、故郷の景色を眺めるのがある種の贅沢であると彼は記している。サイチンガは山登りが好きで、どこに行ってもその地の高い山に登っていた。山や丘は、サイチンガに詩の霊感を与えていたのかもしれない。彼の詩には山や丘に関する詩が多く、山について書いた最初の詩は日本の富士山であり、最後の詩は故郷の「モリン・チャガン丘」であった。

サイチンガはこのような霊妙な大自然の恵まれた環境に育ち、幼い頃から自然を大切にする意識と動物を愛護する心が育てられることになった。そのため、故郷の春の風、夏の花、秋の月と冬の雪、そして小鳥の緑に恵まれた和やかな季節の喜びの歌と晩秋の高い空で寂しく鳴きながら離れて行く渡り鳥の姿などすべてが、家族と故郷を遠く離れて日本に留学していたサイチンガの郷愁を誘うものとなったことは間違いなく、彼の文学作品の重要なテーマとなった。

2　小学校時代と役人時代

(1)　校内でのモンゴル語禁止

一九二〇年代、北洋軍閥に牛耳られた中華民国政権は、モンゴル民族を徹底的に滅ぼそうと画策し、さまざまな政策を実行していた。例えば、政治面ではモンゴル民族を一つの民族と認めようとしなかった。経済面では中国内地から多くの農民を入植させ、遊牧民の生活基盤となる草原を大量に開墾し、最終的に人口構成上、漢民族を優位にしようと図った。文化面では各ホショーに国民小学校を作り、強制的に中国語を教え、中華思想を植え付けようとした。

一九二〇年代に入ってからチャハルの各ホショーは、それぞれ官立初級国民学校を建てた。名前は公立学校であっても、実体は私塾に近かった。これらの学校を経営していたのはすべて漢民族であった。彼らは春になって暖かくなると学校に現れ、秋に寒くなると中国内地に帰って行く、いわば「渡り鳥先生」であった。当初、学校では主に「聖論広訓」や「四書五経」「三字経」など儒教の経典が教材として使われた。学校によっては、校内でモンゴル語の使用を禁止し、違反すると厳しく処罰した。しかしそれでもこうした学校に入るモンゴルの若者たちの目的は、多くは学問を修めるというより、中国語を習得し、将来役人になることであった。

一九二九年三月、グルフフ・ホショーの役所から、サイチンガに初級国民学校に入学するよう指示が来た。

中国語をまったく理解しない彼に対して、モンゴル語のできない「先生」は常に叱ったり、殴ったりしていた。その人物は教師というより商売人であった。彼はモンゴルに赴任すると次第に裕福になり、家畜を持つようになり、その家畜の世話をする牧民を雇わず、生徒たちに無報酬ですべてをやらせるようになった。サイチンガは「興味を起こさない教育方法、体罰、重労働[12]」などに我慢できず、一日も早くこの学校から離れたいと思い、数人の友人と一緒に逃げ出したが、捕まえられて酷く殴られたことがあった。

この学校について、サイチンガは後年、
最初の先生から離れ
官立の学校に入ったら
言葉も通じない
河南人の先生だった。

出会ったその先生は
狡猾な商売人で
狂った取引で富を集め
生徒たちをこき使った。

飼料用の草を刈ったり

冬営地の柵をたてたり
四年の歳月を送って
やっと離れることになった。(13)

（チョルモン訳）

と記している。

一九三〇年、十六歳になったサイチンガは第一夫人セリジメドグ（一九一四～一九七五）と第二夫人セーベルマー（通称「モンゲー」、一九一三～一九九八）と結婚した。(14)

一九三二年、サイチンガはこの学校を卒業したが、在学中、この「先生」の生徒への対応ぶりに反感を持ち、次第に「漢民族を嫌悪するようになった(15)」。一方で、当時、学校は中国語を中国の古典文学の暗記と解読を通じて教えていたため、サイチンガは中国古典文学の知識を身に付けていった。ここで学習した中国語の知識が、のちに毛沢東や魯迅の著作と中国古典文学の翻訳に役に立つことになった。しかし毛沢東の詩の翻訳では問題になり、文化大革命の時、毛沢東思想に反したという「罪証」とされた。

（2）社会人として

一九三三年、彼はグルフフ・ホショー役所の文書官（秘書）になった。ここでの一年間の勤めは、彼に当時のモンゴル官僚たちの横暴な振る舞いと腐敗、人間としての愚昧さを教えられることになり、モンゴル上層社会の暗闇を初めて知るようになった。当時の病んだモンゴルの上層社会を一九四四年に出版した『我がモンゴルに栄光あれ』で「いわゆる賢者というのは、アヘンを吸い、鼻音で話し、虚実を分別せずに大言を吐いて臥す者で、いわゆる官吏というのは、大声で人を脅かし、民衆を搾取して生きる者で、いわゆる知恵の持ち主というのは、おとなしい人を騙す者で、いわゆる能士というのは、目を睨ませて他人を黙らせる者で、いわゆる凄い人というのは、酒を飲んで威張る者たちのようだ。また、いわゆる友人同士というのは、お互いに騙しあって、僅かでも自分自身が利益を得たいと欲張る人たちである[16]」と書いている。

このような腐敗した社会を改新するため、サイチンガはのちに誕生する徳王政権、そして中華人民共和国に期待をかけ、積極的に活動することになるのである。確かに徳王新政権がモンゴル社会の進歩に与えた影響は多大だったと言える。サイチンガはモンゴル民族の復興の時代が来たと信じ、文学を通じ、大衆向けの啓蒙活動に尽力していくのだった。

一九三四年、サイチンガの足に腫れ物ができたため、実家から約二〇キロメートル離れたドヨンという地にあったスウェーデン宣教師の診療所で治療を受けた。サイチンガは歩くことができなくなったため、毎日のようにベッドの上で治療を受けながら本を読んでいた、と同診療所で一緒に治療を受けた人物が語っている(17)。ただし、サイチンガがどういう書物を読んでいたかはわからないという。

この診療所が開設されたのは一九二四年のことで、開設当初は仏教徒の強い対抗を受けたようである。しかし宣教師たちの医療活動が徐々に評価され始め、活仏まで診療を受けるようになった。診察を受ける病人が多くなり、医師が不足するようになった。また動くことができない病人が多いため、車を購入するための資金を募ったことがあった。チベット仏教文化が支配していた当時のモンゴル社会で欧米人が近代西洋医術によって医療活動をしているのを目にしたことは、サイチンガとその周辺地域の人びとに衝撃を与えた。

キリスト教宣教師との出会いは、サイチンガの西洋の宗教と文化との初めての接触であり、新たな認識であった。各種の伝染病をはじめ、さまざまな病気が蔓延していたモンゴル社会に対して、サイチンガは危機感を抱いていて、その思いはのちの文学作品に反映されていくことになる。

一九三五年から一年間、ホショー小学校の中国人教師の助手となり、主に通訳の仕事を担当した。同時に、サイチンガは馬に乗り、学校で学べない遊牧民の子どもたちの家を訪れ、モンゴル語を教えていた[18]。

この時期、内モンゴルでは二つの大きな事件が起きていた。一つは日本軍が中国の東北三省を占領し、満州国建国を背後から操り、内モンゴルの東半分の地域をその支配下に入れ、さらに西のシリンゴルとチャハル地域まで勢力を伸ばしていたことである。二つ目は徳王[19]が提唱した「モンゴル高度自治運動」であった。この二つの事件が若いサイチンガに強い衝撃を与え、彼の人生に大きな転機をもたらした。

3　青年学校時代

(1)「あいつらは人間ではない」

一九二八年、中国国民党が実質的に中国を支配していたが、内モンゴルに対しては以前の北洋軍閥政府の政策を受けついで実行するだけでなく、更に厳しい政策をとっていた。その中、「今日の内モンゴルは、その歴史について言えば、実際は漢族の地である」「内モンゴル、この呼び名は現実的に既に存在する必要がなくなっている」[20]という捉え方に基づき、行政上、内モンゴルの中部地域で強制的に省と県を設けたり、あるいは、周辺の各省に所属させたりした。その結果、内モンゴルは民族の地域的な統一性を完全に失い、どの省の主席もすべて中国の軍閥関係者が就任していた。特に内モンゴルの中部地方にできた綏遠省の主席傅作儀は、極端な人種差別主義者であった。彼はモンゴル人を「あいつらは人間ではない。牲口（中国語で家畜の意）なのだ。もしよく働けば餌をやる、もし従順でなければ打ってやるだけだ」[21]と露骨に公言し、それを実行した。その上、大量の草原の開墾や旅蒙商[22]による搾取などにより、モンゴル民族は滅亡の危機に陥った。

(2) モンゴルの復興は教育にあり

モンゴル民族の滅亡を避けるため、徳王はモンゴル民族の再興を志し、内モンゴルの高度自治運動を起こした。高度自治とは行政、経済、文化、教育などの自主権をモンゴル民族みずからが持つことを意味していた。ところが、国民党政府はこれを認めず、さまざまな手段で内モンゴルの自治を阻止しようと動いた。ちょうどその頃、日本（事実上は関東軍）が非常に積極的に徳王に接近し、内モンゴルの「独立」や「建国」について支援する旨を伝えた。また当時、既に日本軍が内モンゴル全域に侵入してくるのは時間の問題という状況にあった。しかし中国政府はこういう状況に対して具体的な対応政策を取っておらず、ましてや内モンゴルには日本軍に抵抗する力もなかった。このような現実を前にした徳王は、日本軍の力を借り、先ず中国軍閥を内モンゴルから駆逐し、モンゴルを復興させる道を選んだのであった。しかも、モンゴルを復興させるためには第一に教育を振興させなければならないと考えた。

徳王は内モンゴル初めての高等学校である「モンゴル学院[23]」の開校式で「世界の全ての国と民族の文明進化は教育と直接関わっている。国家の行政は先ず教育を大切にしなければならない。そのため、私はモンゴル自治運動を提唱し、何よりも先ず我がモンゴルの若者の教育を促進することを決意した。昔、我がモンゴル民族が支配していた国土の広大さを思い返すと、それは歴史上では珍しいことだ。しかしその後は次第に衰退し、今日のようになってしまった。その興亡の原因を鑑みると、やはり教育と関係があった。私はモンゴルを復興する為には教育を促進するほかにはないと考えている[24]」と強く語り掛け、若者たちに「よく勉強して、将来、モンゴルを振興させるために大いに責任を持つ[25]」ようにと期待を寄せていた。

(3) チャハル青年学校

一九三六年二月、徳王は日本の勢力を借りて、チャハル盟の張北県城外にチャハル青年学校[26]を建てた。サイチンガはホショー政府の命令により、そしてみずからも「少しでも学問を学びたい」と思い、この時すでに重病となっていた父親を故郷に残し、この青年学校に入学した。

徳王はみずからこの青年学校を視察し、「教育は建国の基であり、青年は国民の中堅である。この学校は青年を養成する唯一の学校であるため、政府は非常に重視している[27]」と述べ、若者たちに健康で人徳がある知識人となって、「聖なるチンギス・ハーンの偉大な精神を大いに発揚する[28]」ように呼びかけた。

この学校は日本陸軍が提案した「青年学校の規定」に従って、占領地でつくった最初の学校である。そのため教育内容から日常生活まで、ほとんどが日本式である一方、その地の教育の性格も合わせ持っていた。教育内容は主に日本語と軍事訓練であり、そのほか、モンゴル語、数学などもあったが、クラスにより教育内容が異なっていた。

日本語と軍事訓練などの科目を担当する数人の日本人教員とそれ以外の科目を担当するモンゴル人教員十数人がいた。モンゴル人教員の中のエリンチンドルジとスデナは、地元のスウェーデン宣教師が建てた教会学校の卒業生であった。

サイチンガを含め、多くのモンゴル人生徒たちは、日本人教師が語った「漢人は圧迫、搾取、愚弄、同化などの手段で、貴方たちモンゴル人を滅ぼそうとしている。我が日本人は貴方たちを救って、モンゴルを振興する為に参りました[29]」という言葉を偽りのない言葉として受け止め、非常に感動した。それとともにモンゴル人教員からモンゴル民族の歴史と現状を教えられ、みずからの民族への理解をより深めることになった。

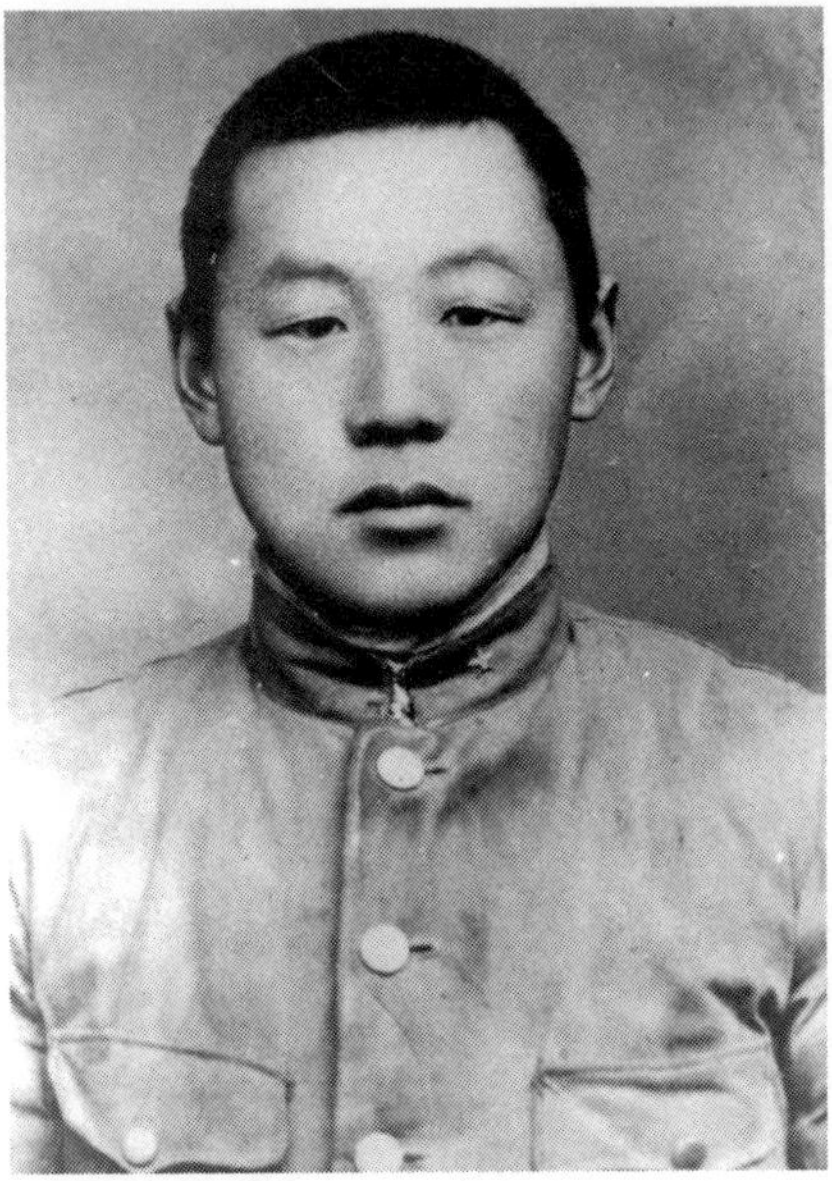

張北青年学校時代

この学校でサイチンガは『モンゴル秘史』を始め、『黄金史』『チンギス・ハーン伝』などのモンゴル歴史書物、『ゲセル』『ジャンガル』などチベット・モンゴルの英雄叙事詩、『エルデニ・サン・ソバシデ』『知恵の鍵』『チンギス・

ハーンのビリゲ』などインド・チベット・モンゴルの文学作品、『三国史演義』『聊齋志異』など中国古典文学を読み漁った。特にモンゴル近代の思想家であり、歴史小説家であるインジャンナシの長編小説『青史演義』を愛読した。彼は日本に留学していた時期もこの本を持参し、友人たちに読むように勧めていた(30)。

彼のモンゴル史への知識は次第に幅と深まりを見せ、モンゴルの伝統文学と東洋古典文学への造詣も深まった。彼は在学中に、詩を書き始めたと言われているが、残念ながら現在は残されていない。ただ、在学中の授業の宿題として書いた数編の文章が一九四四年に出版された『我がモンゴルに栄光あれ』に収められている。それらは「どうすれば恥を消すことができますか」「我々は知る為、できることの為に努力しよう」「書物と人間」「開化することは重要だ」「自然と人間」「文化と生活」「人間というものは」などである。これは文学作品と言うより、当時のモンゴル社会を改革することについての思いを述べた文章である。しかも、その一部の文章は、『チャハル盟立モンゴル青年学校用教科書(31)』の「読解」に掲載されている徳王の「教訓の言葉」の内容と一致する。たとえば人間の定義、知識の重要性などがそうである。

サイチンガはこの学校での一年間で、モンゴル民族の過去の栄光と現在の危機をひしひしと感じ取り、民族意識も次第に高まっていった。その結果、民族復興に命をかけて努力しようと決意することになる。その決意を日本留学する前に亡くなった父親の墓前で「貴方から受け継いだこの熱き血とこの肉体を、貴方の祖先から子供まで途切れることなく親しいモンゴルの人びとのために奉げよう[32]」と誓った。時代の荒波に翻弄されようとも、サイチンガは命の最期まで、その誓いを守り貫くことになる。

4　日本留学時代

(1)　モンゴル人の日本留学の道

二〇世紀前半期は、モンゴル人にとっては選択の道が開かれた時代であった。モンゴルの開明的な指導者たちは、民族の自立・統一・独立のために奮闘しながら、民族の近代化についても、あらゆる手段を活用して可能な限り努力した。

その一例として日本への留学事業を挙げることができる。最初に日本留学の道を開いたのは、内モンゴル・カラチン旗のグンサンノルブ王である。彼はカラチン旗で最初の近代的な教育を行なう男子学校と女子学校を創った人物である。彼は日本の女子教育の先覚者である下田歌子の推薦により、河原操子を招聘し、女子学校で日本式の近代教育を始めた。河原操子は一九〇三年に内モンゴル・カラチン旗に赴いて教師となり、一九〇六年に帰国する際、三名のモンゴル人女性を日本に連れて帰り、東京の実践女学院に留学生として入学させた。こうしてモンゴル人の日本留学の道が開かれ、学問と悟りを求めて、ラマたちのチベット・ネパールなどの仏教聖地への古い道とまったく違う道がモンゴルの若い人たちに開かれたのである。この道を更に広め、大きな成果を挙げた人物が徳王である。

徳王は一九三四年、つまりモンゴル自治運動を始めた頃から、日本に留学生を派遣し、一九四五年の終戦までそれは続いた。最初は少人数だったが、徐々に計画的に留学生数を増やしていった。徳王は一九四一年から一〇年間で、師範教育（二〇〇名）、牧畜業と獣医学（二〇〇名）、牧畜農業経済学（一〇〇名）、林業・土木・建築（一〇〇名）、医学（一〇〇名）、育児・衛生（女子留学生一五〇名）、政治・法律など（一五〇名）で、計一〇〇〇名のモンゴル人を日本に留学させる計画を立てた。そのため「留日蒙古留学生後援会」と留日予備学校を創設し、日本留学事業に大いに力を入れた。特に一九三八年、当時北海道帝国大学に側近の呉鶴齢を派遣し、留学生の派遣と育成について交渉する一方、日本の外務省と文部省などの政府機関を通じ、北海道大学の農学部農業科（畜産科、林学実科）と土木専門部などに毎年十六名の留学生を送ることについて協議した。同年十二月には徳王はみずから北海道大学に手紙を送り、すでに日本に留学中のサイチンガら十二名のモンゴル人留学生を推薦した。そのうちハンギン・ゴンブジャブら九名が受け入れられたが、サイチンガが行かなかった。その理由については明らかになっていない。いずれにしても徳王は一九四五年までの十一年間で、教育機関、行政機関、軍隊、宗教界などから約三〇〇人のモンゴル人を日本に留学させた。

一九三六年十二月、モンゴル軍政府教育署の主催で日本への留学生選抜試験が実施された(33)。チャハル青年学校の第一期甲クラス十二名のうち七名が受験し、サイチンガを始め五名が選ばれた(34)。試験科目とその内容は不明であるが、徳王みずからが面接した可能性がある。徳王は晩年に書いた回想録で「モンゴル軍政府の時、……偽教育処から日本留学生を選んで送った。ホルチンビリグ、ブヘウンデス、ゾリグト、ドゥレンサン、サイチンガ、ドグルジャブ、デルグリングィら十数名を送り、最初、善隣協会で日本語を学習させた後、引き続き日本の大学で勉強させ、日本語に堪能な各分野の人材を養成した(35)」と記しているからである。ただし、実際にその年に送ったのはサイチンガ、ホルチンビリグ、ドゥレンサン、デルグリングィの四名であった。ブヘウンデスとゾリグトの二名は翌年（一九三八年）、日本に留学している。サイチンガは徳王政権の教育機関から派遣された最初の留学生であった。

（2） 清見寺での生活

一九三七年四月、サイチンガは徳王政権の官費留学生として日本に渡り[36]、最初は東京の「善隣高等商業学校[37]」の特設予科に入って、「日本語教育と大学、高専に進学するのに必要な学力を養う教育[38]」を受けた。学校は全寮制で、「寮生ヲ第一、第二、第三、蒙古学生班ノ四ヶ班ニ分カチ[39]」と当時の学寮規則にある。日本とモンゴルの学生が「起居を共にして親しく交流しながら学んだ[40]」。内藤寮長と角田舎監だけでなく、日本人寮生たちはモンゴル留学生の勉強だけでなく、生活面でもいろいろ援助した。気候、風土や食べ物の激変によって、モンゴル留学生はよく病気になった。その時、寮長を始め、誰もが日夜を問わず看病にあたり、世話をした。その時期、サイチンガも肺結核を患って入院したことがあった。

特設予科は毎年五月に見学旅行を、七月に合宿訓練をしていた。合宿訓練、即ち臨海訓練は静岡や静浦の海岸の寺を合宿所にしていた。この合宿訓練には、同学校の予科卒業生

サイチンガが留学中に宿泊していた善隣学寮

と在学生を中心として、満州国から来たモンゴル留学生も参加した。日本に来て三カ月ばかりのサイチンガは同年度[41]の合宿に参加した。そして、三三日間の合宿訓練の様子をまとめて「清見寺における生活」を書き、「善隣協会調査月報」第六六号（昭和十二年十一月）に発表した。これは今までわかっている限りでは、彼が公に発表した最初の文章である。「清見寺における生活」は日記の形式で書かれていて、三三日間の生活を七日間にまとめられている。彼は七月二十二日の興津駅からバスで清見寺に行く途中の様子を「街の両側に壮快な少年達と穏健な少女達が『歓迎蒙古学生部』と云ふ字を書いた旗を振って熱烈に歓迎してくれた事に非常に感動しました。さうして、前には処々に白い波頭漁襞のやうに立って黄金のやうに輝いている夏の海と後ろには満山を緑したたる青葉に爽やかな風が渡っているのを見る。又森林に霧が晴れたり掛ったりして濃緑の色に包まれているのが見える。日本歴史に有名な清見寺に参りましたところ、折から歓迎の為打上げられた花火や、寺の門前に睦じく立てられた日蒙満三国旗には言ひ知れぬ好感と親しみを抱いたのであった」と描写している。また初めて海に入ったことを、「私達は名高い東海の清見潟の岸に着いて、衣服を脱捨てて皆面白く語らひながら入りました。さうして私は胸を躍らせながら下を見下した。生き生きした限りなく広い青い海の姿が私の眼に映った。一度も海水浴した事のない私は恐しくなりましたが自ら勇敢にして両手を高くさし上げて、丈一ぱい体を伸ばして、静かに頭から海水に入りましたが、直ぐに浮き出しましたので、今度は恐ろしい事を忘れて快く泳ぎまして、日一日出来る様になりました」と初めて体験した海水浴だけに詳しく書いている。この合宿に参加し、サイチンガらモンゴル人留学生に水泳を指導していた大倉健二（元善隣高等商業学校一回生、元善隣同窓会の会長）は「モンゴル人学生が海に少し泳ぐことができたらいいと思ったが、海のこわさを全然知らないから、心配していた」と回想している。

一九三九年夏、サイチンガは同じ海岸で合宿訓練した際、モンゴル語で『太平洋の海岸で』という詩を書いている。(42) その一部をここで紹介する。

波立つ海の中
喜び遊ぶモンゴル青年たち
心と体の力を養って
遅れたモンゴルを振興しよう

我々の体は消えて行こうとも
永遠に繁栄するモンゴル民族
ここで友になった我々は
母なるモンゴルのために努めよ

未知の海に「恐しくなりましたが自ら勇敢に」入ったその時の気持ちがモンゴルの再興に賭けるサイチンガの心意気と重なっている。いかにも若々しい前途に希望を抱いた姿が浮かんでくる。

(3)『新モンゴル』誌

日本の各地から集まったモンゴル留学生たちは合宿訓練を通じて互いに知り合い、仲の良い友人となった。彼らは自由活動の時間を利用してモンゴル民族の過去の歴史、現在の状況と将来のゆくえについて議論し、時々激しい論争となることさえあった。しかしこの問題について、短い合宿訓練の間に結論を出すのはもともと無理な話であった。徳王政権から派遣されたモンゴル人留学生は満州国から派遣されたモンゴル人留学生に比べて言動の制限はそれほどなかった。したがって、サイチンガたち徳王政権から派遣されたモンゴル人はモンゴル民族の独立と建国について、自由に討論できたが、満州国から派遣されたモンゴル人留学生は口にすることはできなかった。徳王の側近である呉鶴齢が日本に来たことで、徳王政権から派遣されたモンゴル人留学生の活動はさらに活発になった。サイチンガらはさらに広く、深くモンゴルの将来を探究するために既に設立されていた「留日蒙古同郷会」(一九二九年設立)という組織を活用し、この組織の幹事となり、積極的に活動を展開した。一九四〇年モンゴル人の団結と交流のために、「留日蒙古同郷会」の記念誌を編集、出版した。一九二名のモンゴル人の顔写真と名前、年齢、出身地、留学前の出身校、現在の勤務或いは留学先、本国での連絡先などが記されている。また留学生の専攻と出身地などの一覧表をつけている。モンゴル人の日本留学に関する研究にとって、貴重な資料となった。ところがその一冊がのちの内モンゴル自治区博物館に保存されていたため、文化大革命時に「造反派」によって日本のスパイの「黒名単」（ブラックリスト）とされ、かつての日本留学生たちを迫害する根拠となった。

一九四一年、「留日蒙古同郷会」は「日本の新しい文化、技術をモンゴルに導入して、モンゴルの文化、技術を発展させるため[43]」に、新たに『新モンゴル[44]』という雑誌を創刊した。創刊号の表紙には徳王みずからが書いた「新モンゴル」というモンゴル文字、サインと印、それにブリヤート・モンゴル人画家による「喜びの若者達」という絵が描かれていた。第一ページ目には、留日同郷会の幹部の顔写真と全会員の集合写真が掲載されている。学術部長に次いでサイチンガの写真が並び、その上に「編集」と説明が入っていることから、サイチンガが『新モンゴル』誌の主要な編集者であったことがわかる。編集者のほとんどは徳王政権が派遣したモンゴル人留学生であった。

実は『新モンゴル』誌以前に、「留日蒙古同郷会」は一九三〇年代に『ijaxurtan ulus』（祖国）と『mangq-a-yin qongqu』（砂漠の鈴）などの機関誌を発行していて、『ijaxurtan ulus』は未発見だが、『mangq-a-yin qongqu』創刊号は現存している。

この『mangq-a-yin qongqu』と『新モンゴル』を比べると、次のように異なる部分がある。（一）雑誌の名前からは、前者はノスタルジックで、後者は時代の雰囲気が著しく表れたタイトルである。（二）前者は三分の二が中国語で、モンゴル語は三分の一である。後者はすべてモンゴル語である。ただし最後のページの「同郷会」の知らせのみ日本語である。（三）前者は論説が中心だったが、後者は論説以外に教育文化、歴史、地理、文学、一般知識、児童読物などの多様な内容を設けていた。後者からは「日本の新しい文化、技術をモンゴルに導入して、モンゴルの文化、技術を発展させるため」に編集された主旨が明確に窺える。

その意味で、この『新モンゴル』誌は、モンゴル民衆を対象として編集された内モンゴルの最初の近代的な刊行物と言えるだろう。その際、既に詩を書き始めていたサイチンガは『新モンゴル』誌の編集者として重要な役割を果たしていたことは間違いない。

サイチンガは「現在のモンゴルでは、聖なるチンギス・ハーンの栄えた時代から大元朝の末期までの歴史書がたくさんあるが、近世モンゴルを書いた歴史書は極めて少ない(45)」と感じ、日本の歴史家矢野仁一の『近代蒙古史研究(46)』を翻訳して、『新モンゴル』誌の創刊号から連載を始めた。「全訳が終わったら一冊の本として出版したい(47)」と目論んでいたが、その翻訳がどこまで進んでいたのか不明である。『新モンゴル』の第一期には、『近代蒙古史研究』の第二章である「内蒙古と清朝との歴史的関係」の翻訳が一部掲載されており、第四期にはその続きが掲載された。

一九四一年八月十六日、満州国で発行されていた『フフ・トグ』(青旗)紙(第二二号)に「日本にいるモンゴル人たちが「新モンゴル」を刊行」というタイトルで、表紙の写真とともに紹介された。この記事から推測するに、『新モンゴル』は一九四一年八月頃に刊行されたようである。

ちなみに一九九七年、内モンゴル自治区人民出版社がサイチンガの全集、即ち『Na・サインチョクト全集』を編集出版する際、筆者はサイチンガ全集編集部に、サイチンガが翻訳して掲載した全文と同誌創刊号に掲載されたサイチンガの児童向け作品「東郷将軍」など、翻訳を含む七篇を提供した。サイチンガ全集編集部からは受領した旨の返信があった。

しかし一九九九年に出版されたサイチンガ全集には、「東郷将軍」は収録されず、サイチンガが翻訳した『近代蒙古史研究』第二章「内蒙古と清朝との歴史的関係」は収録されたものの、翻訳原文を書き換えてしまっている箇所が多く見られた。

たとえば『新モンゴル』に掲載された原文

「清朝の君主が支那に君臨して居る間は、清朝の君主を通じて蒙古と一緒になって居ると云ぶ《ママ》意味もあるが、蒙古の可汗たる清朝の君主が退位すれば、即ち其の瞬間に支那と蒙古との関係は断絶する訳で、中華民国が如何なる形式で出来たにせよ、清朝の君主に代わって、蒙古を維持せむとするは奢望僭越と言わなければならぬ。蒙古の方から言っても、清朝の君主が退位した後、其の退位を余儀なくせしめた中華民国に服従すると言ふことは、あまりに名分を知らないものと言わなければならぬ」

この部分が「我が党と政府の現在の政策に妨害になるため削除した」と『サイチンガ全集』の編集者より説明が付けられた。

(4) 内モンゴル最初の近代詩集『心の友』

一九三八年三月、サイチンガは善隣高等商業学校特設予科を終了し[48]、同四月に東洋大学専門部倫理教育科に入学した。東洋大学で学習した科目とその成績及び担当教員などについては第Ⅲ部で述べる。

サイチンガは東洋大学で「精神教育を受けて、心は全てに勝つと思うようになってきたので、『心の友』(詩集)と『心の光』(編訳書)を書いた[49]」と終戦後の自伝に記している。

詩集『心の友』の序文では、「我々人間は、生まれ育った故郷から離れて遠くの外国に行き、そこの自然風景や文化建設を見ていると、必ず諸々な考えが浮かぶ。ただ外国の山の美しさと水の清らかさ、そしてその素晴らしさに感激させられるだけではなく、故里の転がって遊んでいた大地と走り回っていた森も、また常に懐かしく想われる。私はこの穏やかで厳かな波立つ海の島に位置する、自然公園のような美しい日本の地に四年間滞在する間、この国の情景に感激させられながらも、我が生まれ故郷を忘れることはなかった。その時々の思いついたことを記したのが、即ちこの一冊の『心の友』という書物である(50)」としている。

『心の友』はモンゴル詩の伝統の上に、他民族の文化的影響を受けて書かれた内モンゴル最初の近代詩集である。一九四一年に善隣協会の支援により謄写版で出版された。五節三二編の詩で構成されている。目次は次の通りである。

第一節「自然の公園と文化の中心になった日本」には「富士山は麗しい」「東京」「山寺という山で」「友の恋」「夢の松島」「利根川の記念」という、日本について書かれた六編の詩が収められている。日本の自然に陶酔し、文化に憧れたサイチンガにとっては、日本という国はそのまま自然の公園であり、文化の中心であった。その中の三編を訳し、ほかの三編については、その内容を簡単に紹介しよう。

　富士山は麗しい
純白の雪で頂きを飾り
美しい姿で世界中に名を馳せ
一億国民の心のささえとなり
心の山、富士は麗しい。

頭を雲の上に出し
周囲の山々を見下ろして
清澄な五つの湖に囲まれた
無数の人々が登る富士の山。

高い岩が空中にそびえたち
雷鳴を下に聞き

いつでも白衣をまとった
山の獅子、麗しき富士よ。

一九三八年度の臨海訓練が終わった後、参加者全員で富士山に登ったときの印象がこの詩に反映されているかもしれない。大倉健二氏によれば、静岡のある新聞社が富士山を背景にモンゴル留学生の写真をとり、新聞に掲載したと筆者に語ったことがある。また、一九三九年の夏、善隣学寮にいたモンゴル留学生たちは東京から二日間かけて、富士登山を行っている。その時、サイチンガも一緒に登ったとゴシンセイ氏（元モンゴル留学生。北海道大学卒）が筆者に語ったことがある。この二人の記憶に間違いなければ、サイチンガは二回、富士山に登ったことになる。大自然を好み、特に高い山に登って遠方を見るのを非常に好んだサイチンガにとって、富士山に登ることはなによりも嬉しい事であったし、感激したにちがいない。だからこそ、この詩がうまれたのだと思う。しかしこの詩の中には当時の日本の『尋常小学読本唱歌』にあった「ふじは日本一の山」という歌と全く同じ箇所が幾つかある。たとえば「あたまを雲の上に出し、四方の山を見下ろして、かみなりさまを下に聞く、ふじは日本一の山。青空高くそびえたち、からだに雪のきものきて、かすみのすそをとおくひく、ふじは日本一の山」とよく似ている。それは富士山に登った人なら誰もが感じる共通の感覚だったのかもしれない。あるいはこの歌の歌詞を越えるサイチンガ自身の言葉（表現）が湧いてこなかったのかもしれないが、現在となっては判断が難しい。

この詩は満州国で刊行されていた『青旗』紙の一九四一年四月二十八日（第七号）に「東京の素晴らしい景色」というタイトルで、「日本の読者の作文」という説明文と富士山の写真とともに掲載された。

一九四二年「主席府出版社」から『心の友』が出版された。その際、富士山については、「富士山は日本の静岡県と山梨県の接界地にある。その国の一番有名な美しい山である。昔は噴火していた。…この山は高く美しい。故に日本国民が極めて大切にして尊敬している」という説明文をつけ加えている。しかし中国文化大革命時、この詩は「日本帝国主義を賛美した」証拠となり、サイチンガの「罪」はさらに重くなった。

東京
赤い壁の東京駅が明るい

草木の香りが溢れる日比谷公園が静かだ
人びとがあふれる銀座通りは賑やかで
あちこちへ電車が行き交う。

壮大な国会議事堂がそびえたち
厳かな靖国神社があり
礼拝の場皇居は優雅に
緑が映える明治神宮は清澄なり。

十階建てが並ぶ新宿の街は
そぞろ歩きの乙女が微笑む
若い学生が集まる神田のまち
国民の文化の波が起こる。

友と手をつなぎ

上野公園をまわると
多くの動物が目を見開き
人びとも押しかけてそれにみとれる。

明るくきれいな浅草は楽しい
小屋の中では音楽がなりひびき
窓の下を美人たちが行き交う
電灯の光で昼よりも明るい。

真珠の彫刻のような建物が素晴らしい
学舎すべて整い
文化と政治の中心になった
学生たちが集まる東京は美しい。

きびきびと歩いていく通勤の人びと

急いで走る活発な学生たち
居丈高な官吏たち
全ての人がそのなりわいに熱中する。

高い建物のあいだ
色々な木の葉の緑が見え隠れする
朝日の光で
美しい女性たちが喜びの歌を口ずさむ。

教養の場である学び舎で
大地の若草の上で、
横になり本を読んでいた
楽しげな若者たちの胸に万感がこもる。

静寂な夜の寂しい街で

コツコツ歩く靴の音が響きわたり
勇士たちの元気な歌が
聞こえると英気がみなぎる。

立ち込めた霧の中に富士山が望まれて
麗しき桜が咲き
隅田川も清く流れ
東京は心おどる麗しい街。

穏やかな雨が多く
草花が咲き乱れ
あらゆる知恵を集めた
東洋の名城東京はかくの如し。

しかし同年の一九四二年、徳王政権の首都ハーラガン（現中国河北省張家口市）で出版された版本では、この詩は削除されている。その理由は不明である。

夢の松島

松の木立に飾られて
点在する小島たちが
穏やかに波立つ海の中
落ち葉が浮かんでいるように見える。

霧の中にぼやける
松島の景色
沙漠の故郷から離れた
我が心には夢のようだ。

あちらこちらに盛り上がって見える
様々な形の小島たちが

恍惚とした我が心を
郷愁で溢れさせた。

空から雨がしとしと降り
あまたの島が霧にかすむ
船は波に揺られながら進み
出会ったばかりの松島も後に残される。

（チョルモン訳）

一九四二年の「主席府出版社」から出版された『心の友』には松島について、以下のような紹介文がある。「宮城県の松島湾の中側と外側に散在する百以上の島々を指す。これらの島々の景色は実に美しく、昔から日本三景の一つとなっている。島々に青い松の木が生い茂り、岩の色は水晶のように碧い玉石のように海に映え、景色は素晴らしい」サイチンガはこの詩を自分の選集に入れていたが、文化大革命の混乱により、出版できなかった。
ほかの三編の詩の内容は、「山寺という山で――綺麗に彫刻された石も詩をささやく、周辺の景色を見ると大自然の中に溶け込む……」、「友の恋——六人の友と喜んでいる時、穏やかな女性たちの美貌に目をやる青年たちの恋の光……」、「利根川の記念——東洋大学の軍事訓練の為、太平洋の海岸で四日間。若草の上に横になり、静かに移動する雲に目をやると、耳には太平洋の波の音、胸には愛する故郷のこと。東京へ帰る日の朝、轟き流れる利根川の音を聞きながら、感傷の気持ちを記す……」といったことが描かれている。

第二節「希望の源泉」には「曙光」「朝の喜び」「春」「光の源」(gegebči)「自然の喜び」「無限の希望」「夏の花」「立ち上がり尽力しよう」「我が青春」など九篇で構成されている。大自然を賛美しながら自分の心境を詠っている。それらのなかで「光の源」は高く評価されている詩である。モンゴル語の「gegebči」を直訳すると「窓」である。

光の源

流れてくれ、我が家へ
憂欝な心に明るくさせる黎明の光を
偉大な希望を与えてくれる輝く太陽の光を

知性の啓蒙を広げてくれる新鮮な息吹を
　流れてくれ、我が家に……光の源。

　香り高く生えよう、我が家に
暖かい太陽の温もりで育まれる緑草の薫りを
銀色の月の光に微笑み咲く麗しい花々の芳香を
清き雫で清められて流れる新しい朝の息吹を
　香り高く生えよう、我が家に……光の源。

　避けさせよう、我が家から
寒さに身をふるえさせる夜中の風を
吹雪のように心を虚しくさせる風を
もうろうな霧に鋭気を挫かせる暗闇を
　避けさせよう、我が家から……光の源。

聞こえさせてくれよう、我が家へ
彩る声で悦んでさえずる小鳥の音（ね）を
大きな歓喜に悦んで鳴く虫たちのハーモニーを
美しい微笑みで歌う若き娘の歌を
聞こえさせてくれよう、我が家へ……光の源。

（テレングト・アイトル訳）

第三節「オアシスの霧」には「恋人よ」「春の風」「愛は恋人の心に」「我がモンゴルの四季の風景」「秋雨の後窓の下にて」「アルガル（燃料）を拾う若い娘」などの恋人や故郷の自然についての詩で構成されている。

第四節「チンギスの血のたぎり」には「チンギスの子孫」「願ってやまない」「我が兄弟たちよ、何を考えているのか」「太平洋の海岸にて」「新鋭なる我々」などの民族の振興に努めようとする詩が多い。

第五節「長編詩」には「ザンバー(51)に押さえられた若草」「花咲く涙」「故郷」「憎むべき怒気」などの長編詩がある。

第二節の「光の源」、第五節の「ザンバーに押さえられた若草」「お花姫」などの詩は傑作とされている。

(5) 金言集『心の光』

『心の光』は日本の月刊誌『キング』(52)の「天声、地声」に連載されていた東洋と西洋古今の有名人の金言を翻訳したものである。

サイチンガは「古代と現代、東洋と西洋において、人生を成功させるために戦った大勢の聖人と賢者及び勇者たちの菩提心から溢れた……数多くの教訓から選んだ」これらの金言は、「我々の心を照らし、精神を蘇えらせ、……再び出発に勇気と力を湧き立ててくれる」と信じ、そのために編訳したと「前書き」に記している。

『心の光』には「歴史に名を残した」政治家、思想家、文学者、軍人、芸術家、科学者、宗教者、教育者などの金言一六六句が収められている。その中には『チンギス・ハーンの教訓』、『モンゴル青旗』、『青史演義』などからモンゴルの歴史上の人物であるチンギス・ハーンとその次男チャガタイと三男オゴタイ、チンギス・ハーンの将軍ボオルチュ、ボロクロ、ジェルメ、そして作家インジャンナシらの金言も加えている。『心の光』ではチンギス・ハーンの金言からオゴタイ、東郷平八郎、徳川光圀の順で編集されている。ヨーロッパとアメリカからはバイロン、ルソー、ボードレール、ドストエフスキー、ゲーテ、ハイネ、トルストイ、アジアからはモンゴルからの九名のほか、日本から東郷平八郎、徳川光圀、国木田独歩(二句)、吉田松陰、乃木希典(三句)、高山樗牛、正岡子規、夏目漱石(二句)、伊藤仁斎、渋沢栄一、新井白石ら十四名の金言を選んでいる。他にはイスラム教世界から創始者ムハンマド、中国から孟子の金言を収めている。

『心の光』は金言の間にモンゴルの諺を挿入しながら編集されているため、純粋な翻訳というより「編訳」といったほうが適切だろう。

一九四三年、徳王政権の主席府出版社から出版され、一九四四年に再版された。部数は不明であるが、徳王政権が出版した三〇種以上の出版物のうち、再版されたのはサイチンガの『心の光』と『家政隆興書』など数冊に過ぎなかった。なお単行本として刊行される前に三六句は、満州国で発行された『青旗』紙の第五四号(一九四二年三月二十八日)と第五五号(一九四二年四月四日)に掲載されていた。

サイチンガ研究者である内田孝は、サイチンガは月刊誌『キング』の「天声、地声」欄を直接利用したのではなく、一九四三年に単行本として発行されたキング文庫シリーズの

『天声、地声』から翻訳したと指摘している。[53] 金言の間に挿入されたモンゴルの諺についいて、サイチンガは「金言と一切関係なし」と説明しているが、研究者たちは「ある程度の関係がある」[54]と考えている。

モンゴルの遊牧世界では、幼い頃から諺と禁忌によって人間を陶冶する教育を行っていた。そのため子どもが間違った言動をした際、親は「ダメ」などの言葉を使わず、先ず諺を持ち出しながら叱り、祖先から伝えられてきた伝統や社会の規範を学習させていった。サイチンガもこのような伝統的な家庭教育を受けたが、モンゴルの諺は多種多彩で、同じ内容でも対象者によってその表現も異なり多様である。

筆者の調査によると、サイチンガの故郷で日常的によく使われる諺は四〇〇種以上にのぼった。サイチンガは生涯を通してモンゴル伝統文化を重視していたため、諺の収集、整理に努め、友人のエルデニトクトフらと一緒に作業を進め、一九五四年に『諺選集』を、一九五六年には『諺』を出版した。

(6) 日記体散文集『沙原・我が故郷』

『沙原・我が故郷』は日記体による散文集である。これは東洋大学在学中のサイチンガが一九四〇年の夏休みに、内モンゴルに一時帰国した際に書いた作品である。「普通我々人間は、愛する人から離れれば離れるほどその愛がますます強まる」で始まるこの『日記』の内容は次のようである。

七月十一日に東京を出発してから、今の韓国・北朝鮮と当時の満州国を経て、北京に着き、ここからハーラガン（張家口 当時はモンゴル連合政府の首府）を経由して、沙原の故郷に帰った。一か月後、また同じ経路で九月二日、東京に戻った。この往復五四日間の見聞、雑感を「隠すことなくそのままに書いた[55]」ものである。特に、当時のモンゴル社会の状況を生き生きと記録している。

『沙原・我が故郷』は内モンゴル現代日記文学の最初の作品集であり、当時のモンゴル社会の文化的、歴史的研究にとっても貴重な資料となっている。一九四一年、主席府出版社から出版された。

『沙原・我が故郷』はサイチンガの代表的な著作だが、一九九九年、サイチンガの『全集』を出版する際、原作に削除、加筆、語順の移動、および改竄が行なわれ、原形が失われたところがあると言っていいだろう。サイチンガ『全集』の問題点については、本書の第Ⅱ部に収めた。

(7)「とりあえず、モンゴル人が一つになれば……」

一九四一年六月、サイチンガは善隣学寮長の紹介により、当時の東京帝国大学のモンゴル言語学研究家服部四郎教授のもとで、二種類の文献のモンゴル語への翻訳の手伝いをした。一つは『無敵の日本海軍』という写真集で、その翻訳は一九四二年、『フロント』[56]というタイトルで出版された。もう一つは「アジア人のアジアをつくる為に全てのモンゴル人は一つになれ！ アジアの強国である日本の支援の下でモンゴル人達は団結して、奮起しろ！[57]」という内容の宣伝資料である。サイチンガはこれを翻訳しながら、「とりあえず、モンゴル人が一つになることができたら、なんとかなる[58]」と思っていた。彼が願っていた「民族統一」は、主に現在の中国領の内モンゴルと現在のモンゴル国及び現在のバイカル湖周辺のブリヤードモンゴルの統一だった。彼はその願いを一九四五年八月の終戦まで持ち続けていた。しかし終戦後、モンゴル人民共和国に留学した彼は社会主義の教育を受け、みずからの願いを断念せざるを得ないことを理解するようになった。当時の世界情勢からみて、もはやモンゴル民族の統一は不可能であった。

なお服部四郎教授のもとで二つの資料を翻訳したことが、後の文化大革命では彼のいくつかの「罪状」の一つとして糾弾されることになった。

当時、服部四郎教授はモンゴル人留学生と交流を持っていた。彼の『モンゴル秘史』研究にはモンゴル人留学生のドグルジャブ氏が協力していたが、サイチンガがその研究に関わったという記録はない。現在、島根県立大学の「服部ウラルアルタイ文庫」には、サイチンガが「謹呈　服部先生へ」とサインした『心の友』と『フロント』『沙原・我が故郷』『新しいモンゴル』（創刊号と第二号）などが保管されていて、保存状況は良好である。他にサイチンガの手紙と写真などが服部四郎教授のところにあったと推定されるが、未発

サイチンガが翻訳した『フロント』誌の表紙

見である。

(8)「わが哀れなこころ」

サイチンガの初期の作品は、満州国で刊行されていた『丙寅』誌に主に掲載されていた。文学青年としてのサイチンガの成長には、この刊行物が多大な役割を果たしたと考えられる。

『丙寅』は内モンゴルの近代文化の功労者であるブヘヘシグが、一九二六年に北京で創刊し、一九三三年に三巻で休刊したが、一九三六年に満州国の開魯県（現在の内モンゴル自治区通遼市開魯県）に移って復刊し、一九四四年まで七巻を刊行した。サイチンガは同誌のモンゴル語近代語彙の確定作業に参加していた。近代化の過程で専門用語を確定させる作業は重要、かつ困難を伴ってもいた。サイチンガは内モンゴル自治区が置かれた後も自治区政府の「名詞述語委員会」の委員であった。この作業が文化大革命の時、「内外モンゴルを統一する動き」と批判された。

内モンゴル自治区誕生後、専門用語をモンゴル国に統一させるか、中国語を借用するかで委員会は意見が二分されていたが、文化大革命の時、中国語派が勝利し、殆どの専門用語、熟語が中国語をそのまま音写して使用することになった。たとえば中国語の「中国共産党中央委員会文件」はそのまま「ǰünggüe güngčandang-un ǰüngyang weyiyuwanhüi-yin wen ǰiyan」と表記し、格助詞以外はすべて中国語である。このような政治用語以外に、日常生活の用語にも大量の中国語が借用された。たとえば baba（abu、父）、mama（eǰi、母）などである。文化大革命の終束後、中国語の借用現象は多少減ったが、近年、また復活する傾向が現れている。

『丙寅』誌の一九三九年第五巻第一〇、十二号と一九四〇年第二、四、六、七、九、一〇、十二号に「モンゴルの若者たちの覚悟」（論説）、「我々は知るためにできるために勉めよう」（論説）、「自然界と文明世界」（論説）、「皆様に差し上げる詩」（古典の現代語訳）、「春の息吹き」（詩）、「人間の意味」（論説）、「わがモンゴルの四季の景色」（詩）、「わが哀れなこころ」（詩）、「モンゴル青年の使命」（詩）などの作品が掲載されていることが確認できる。その代表的な作品の一つ、「わが哀れなこころ[59]」を紹介しておく。

とどまることなく浮き流れてゆく白き薄雲の隙間から
朗らかに注ぐ陽の光があたりを穏やかに照らす。

そよそよ吹く秋の涼しき風に揺れて
さらさらと枯れ木の葉が不思議な声で囁きかける。
これは美しい自然に潜まれた静かな秘儀の霊感のあらわれなのであろうか。
八十一歳の老いた祖母を置いてきた私の心をなんと悲しませることか。
顧みて考えれば生まれし故郷と父と決別した私はどこへ向かおうとしているのか
今や永遠に輝きながら波動する太平洋の岸の東京都に佇む。
泣いていた母を残してきたことをふと思い出すたびに、
言葉にできない胸のつかえに目が眩み帰って会いたくても、
古来の栄光と現在の危機に目覚めるにつれて、
先祖のために命かけてつとめようと催促される、
この身に通い流れる先祖からの熱き血潮のためなのであろうか。

（テレングト・アイトル訳）

サイチンガは東洋大学で精神教育を受け、「こころはすべてに勝つ」という信念を持つようになった。そのため、こころをテーマに書いた作品は多い。彼の絶筆の詩もこころに関するものであった。

（中略）
七年の歳月
間にたくさん傷つけられても
わがこころは血色のまま
そのまま暖かい。

と日記に書き残している。

時代の流れの中でサイチンガの思想は幾度となく変わったように見えるが、確実に言えるのは、彼が衰退していくモンゴル民族を復興させるという「こころ」は終生、変わらなかったことである。

一九四一年一月、満州国の新京（現在の長春）でモンゴル語新聞『フフ・トグ』（青旗）が創刊されると、サイチンガは積極的に文学作品と翻訳を寄稿した。『フフ・トグ』紙は、元大阪外国語大学（現大阪大学）の石浜文庫にほぼ完全な状態で保管されているため、サイチンガの作品を確認することができる。同誌の第二号に「若者の善と悪」（詩）が掲載されて以降、その一年間で「立ち上がって行動しましょう」（詩）、「春」（詩）、「富士山」（詩）、「曙光」（詩）、「大自然の喜び」（詩）、「花咲く涙」（詩）、「書物と人間」（論説）、「泉に落ちる花の声」（散文）、「東京市の素晴らしい景色」（詩）など一〇篇の詩と散文及び論説が掲載されている。また原田三夫（一八九〇～一九七七）の『子供に聞かせる発明発見の話』[60]から「大昔のマッチ」、「火を作る法」、「電気」、「家の形」（西洋と東洋の家）、「常識」（最初の英仏海峡航空横断）、「科学者の元祖　ターレス」、「外科手術の始まり」、「医者の元祖ヒポクラテス」、「蒸気機関　ワットと薬缶、ニューカメンの機関」、「蒸気車パーピン」、「最初の自動車」、「小惑星」、「地球　ピタコラス」、「人間の始まり」、「数の起り」、「円周率」、「現代戦争と科学」などを翻訳し、同誌の児童欄に載せた。『フフ・トグ』紙は、サイチンガの精力的な文学創作と翻訳活動を評価し、一九四一年九月六日の同紙第二五号に、彼の写真と「花咲く涙」という詩を載せ、「写真は『フフ・トグ』紙の良き協力者であるサイチンガ様」という説明文を付けて掲載した。一九四二年三月二十八日と四月四日に『心の光』の一部を二回に分けて掲載した。ところがそれ以降、サイチンガの作品は『フフ・トグ』に掲載されることはなかった。その理由は不明である。

一九四一年十二月に帰国した後も文学創作活動は続けていたはずだが、満州国のモンゴル語刊行物に掲載された形跡はない。徳王政権のモンゴル語新聞と雑誌にもサイチンガの作品は見あたらないが、前述した『新モンゴル』と日本留学帰国者会の『復興のモンゴル』には、詩と翻訳が数編掲載されている。

(9)「六盤山」――チンギス・ハーン精神とは

サイチンガは張北青年学校時代からモンゴルの歴史関係書を読み、モンゴル史に対して基礎知識を身に付けていった。さらに日本に留学し、東洋大学で日本史・東洋史・西洋史を学び、歴史学の教養が高まると同時に、彼の聖なる祖先チンギス・ハーンに対する認識も深まった。日本で読んだチンギス・ハーンに関する歴史書が若いサイチンガに多大な刺激と励みを与えたことは間違いない。そのためサイチンガはチンギス・ハーンに関する詩を多く書き、詩集『心の友』の第四節「チンギスの血のたぎり」に収めた。サイチンガの「願ってやまない」という詩には「チンギス・ハーンの精神」という言葉がある。その詩は次のようである。

尊い祖先チンギス・ハーンよ
聖なる英雄チンギス・ハーンよ
英明な賢者チンギス・ハーンよ
全世界の人々を驚愕させ
偉大なるその威風をわが身に継がれ
永遠なる衰退しない精神と弛まない勇気をもって
息を共にする多くの民族のために尽力しようと
願ってやまない

（チョルモン訳）

チンギス・ハーンの精神とは何だろう。その答えは彼が日本留学中に書いた「六盤山」という作品に示されている。「六盤山」は一九四〇年前後に書かれ、最初は、『丙寅』に掲載された後、『古今モンゴル物語』に収録された。内容はチンギス・ハーンが「六盤山」で亡くなった時の様子を書いたものである。先ず「六盤山」地域の地理とそこで起きた歴史事件が述べられ、日本の弘法大使が西安に留学したことなどにも触れている。次にチンギス・ハーンが重病になり、息子たちへ「五本の矢伝説」と「一〇の頭を持つ蛇と一〇本の尻尾を持つ蛇」の物語を語りながら、団結を強調し、三男のオゴデイを継続者に指名したこと。さらに諸将軍と大臣に金王朝に対する戦略を指示して静かに亡くなった様子が描かれている。それに続き西洋と東洋での歴史書でチンギス・ハーンをどのように評価しているのか紹介している。そして末尾でサイチンガは以下のように書いている。

「チンギス・ハーンが統一した地域では、イスラム教、シャーマニズム、仏教とキリスト教が共存し、平和で、所属地域の民衆の望む通りに宗教の自由を与え、信仰の自由を守った。東西文明の興隆が、モンゴル帝国により、世界の文化史に一つの光を照らしたことは本当に奇跡である。人種差別主義の障害を取り除いた大帝国の誕生により、東から西へ、西から東へ、たくさんの民族の交流の波が自由に流れていた。世界の文明が、大空に移動する雲のように交流しながら伸び続けた。イラン文化及びギリシャとローマの文明が東方に流れてきた。アジアの文明が、ペルシャを経由し、ロシアを渡り、ヨーロッパに西方に入ったのは、モンゴル帝国の建設の一大産物である。（中略）チンギス・ハーンが創建したモンゴル帝国がアジア諸民族の上に立って、全世界の文化交流の差別なき楽土と自由な政治を創ったことは大きな功績である。この時代のようにアジアの民族が、白人に抵抗してヨーロッパを強圧し、威厳を示した時代は他にはなかった。かつてチンギス・ハーンによって誕生した帝国で明るく生息していたアジアの民族は、広大な土地と無数の人口を持ちながら、長い間、白人の馬の尻尾を追い、進歩しなかった原因は何であろうか。常に強者になろう。すべてが団結して協力し合うことに尽きる。これが我々の賢明かつ勇敢で、聖なるチンギス・ハーンの最後の言葉ではないか。

日本！満州！中国！インド！全アジアの民族！お互いに争いを止め、速やかに立ち上がってくれ。団結してくれ。愚痴を破壊し、深い眠りから醒めてくれ。

大アジアの理想を実現するために勇敢に前進しよう。人類の福徳の光明が間もなく我々東洋の大勢の民族を照らすのだ。ヘンティ山の山頂に眠っている東洋の大聖人英雄チンギス・ハーンの精霊よ！勇気を喪失したアジアの多くの民族に覚悟と進歩を呼び起こしてください」

サイチンガはチンギス・ハーンの功績を主に次の四つにまとめていた。

(1) アジアとヨーロッパを跨った人類史上、初の大帝国を建てた。
(2) 東洋と西洋の自由交流を開拓した。
(3) 人種差別を取り除いた。
(4) 宗教信仰に対して、自由と平等の政策を採った。

確かに、モンゴル帝国時代、東西を結ぶジャムチ（駅）が整って、交流が盛んだったことは周知の通りである。またチンギス・ハーンはすべての宗教に対して寛容な政策をとり、信仰の自由と平等を保障し、宗教間の対立・敵対関係を対話へ転換させた。チンギス・ハーンの後継者たちも、その政策に従って帝国を運営していた。

一二五四年、モンゴル帝国の首都カラコルムに来たウィリアム・ルブルックの『東方諸国旅行記』によると、モンケ・ハーンの宗教に関する理解は極めて深い。首都カラコルムにはキリスト教の礼拝堂以外にも、仏教寺院とイスラム教のモスクが建てられ、様々な宗教信者が集まっていた。特にモンケ・ハーンの命令により、帝国の都であるカラコルムの礼拝堂において、キリスト教徒、イスラム教徒と仏教徒の弁論大会が開かれていた。それはまさに空前絶後の世界宗教大会であった。また中国の華北地域で起きた道教と仏教の争いに対しても、対話と弁論の方法で解決していた。

サイチンガはチンギス・ハーン精神の真髄を「協力し合う」ことと考えていた。モンゴルの遊牧民の生業は、季節によって家畜とともに移動しながら、自給自足の生活を送っているように見えるが、実際には彼らの生活は、他者との共生共存により成り立っている。そのため、共生共存に基づいた思考はチンギス・ハーン精神の真髄である「協力し合う」に相通ずるとサイチンガは理解していた。

(10)「留日蒙古学生修養会」の幹事として

彼は東洋大学で学びながら、先述したように創作活動のほか史書の翻訳、雑誌の編集などにも力を入れていた。それと同時に、さまざまな社会活動にも積極的に参加していた。たとえば一九四〇年七月八日、彼は友人と協力して、「人格を陶冶し、識見を長養し、身体を鍛成し、有為なる人材たらんことを期して[61]」、「留日蒙古学生修養会」という組織を創設し、幹事の一人となった。この修養会は本部を善隣学寮に置き、札幌と盛岡等にも支部を置く計画があった。

サイチンガは「同郷会」の機関誌の編集員と「修養会」の幹事及び先輩として、ほかの留学生たちの世話をよくしていた。特に日本に来たばかりの後輩たちを自分の弟のように接し、生活面で面倒を見て、学習面でも目配りを怠らなかった。それだけではなく、祝日や日曜日を利用して、彼らを連れ、東京の天文台、図書館、動物園、公園などを案内しながら、日本人の生活習慣と注意すべき事などを説明したり、教えたりもしていた。案内が終わった後には、「遅れているモンゴルの文化教育を発展させ、科学技術を利用して天文台のような素晴らしいものを造るために良く勉強しなければならない[62]」と激励していた。彼の民族文化を復興させるための努力と他人を手助けする精神は他の留学生を感動させたようである。

サイチンガが日本留学中、徳王が日本を二回訪問した。徳王が東京に来る際、モンゴル人留学生たちは東京駅で出迎え、歓迎していた。徳王は毎回必ず善隣学寮を訪れ、留学生たちと団欒[63]し、留学生を激励[64]していた。

一九四一年二月十九日、徳王が二回目の来日をしたときには「蒙疆新聞社」が善隣学寮で「徳王訪日中の蒙疆留学生座談会」を開いた。この座談会で、サイチンガはモンゴルのラマ教の問題点を「ラマ僧は生産しない上に経済負担を増加させた。また家庭を持たないことにより、人口が減少した[65]」と指摘し、モンゴルを改善するためには、先ずラマ教を改善すべきだと訴え、宗教改革を強く望んでいた。

サイチンガの『沙原・我が故郷』などの作品にはラマ僧の堕落した状況と遊牧民の迷信に翻弄される実体などが生々しく描写されていて、当時のモンゴル仏教のあり様を激しく批判していた。サイチンガら知識人の宗教改革の呼びかけにより、徳王もモンゴル宗教改革の必要性を意識しはじめ、ラマ僧の人数制限、寺院工場の建設、モンゴル語で経典を唱えるなどの改革を推進したが、道半ばで終戦となった。

サイチンガは東洋大学を本来なら一九四二年三月に卒業するはずであったが、戦況の変化により一九四一年十二月二十七日に繰り上げ卒業となった。(66)

上述のように、サイチンガのさまざまな活動が、当時のモンゴル留学生に多大な影響を与えていたことは想像に難くない。彼と一緒に日本で留学生活をおくり、帰国後、徳王の秘書となり、終戦後、アメリカに渡り、インディアナ大学の教授となったハンギン・ゴンブジャブ博士は、回想録でサイチンガについて以下のように記している。

「その当時を顧みれば、私の一生にサイチンガ君ほど良い影響を与えてくれた人はいないであろう。彼は愛国心に溢れ、モンゴル人としての誇りが高かった。(中略)モンゴル語の教養が高かったし、天才的な詩人で大変な勉強家だった。彼は自分の専修課程ばかりでなく、モンゴルの歴史、文化と世界の古典文学に没頭し、また私たちのような年少の同胞たちを指導してくれた。彼の強い影響で私は初めて自分の母語と歴史、文化に興味を持つようになり、進んで日本の文学と世界の文学にも興味をもち、トルストイ、ツルゲネーフ、ユーゴほか夏目漱石、菊池寛などの名著を読むようになった[67]」

一九四一年十二月末、サイチンガは帰国する際、モンゴル人留学生たちが尊敬と感謝の気持ちから彼の送別会を開いた。送別会でサイチンガは「富士山は麗しい」「ザンバーに押さえられた若草」などの自作を朗読し、感謝の意を表わした。

5　徳王政権下の職員時代

(1)「家庭は国家と民族の発展の源」

一九四二年一月十三日、サイチンガは徳王政権の教育署から選抜され、組織的に派遣された最初の留学生として帰国すると、主席府秘書処で研修するように命じられた[68]。

当時、徳王政権の方針として日本から帰国した留学生は専攻を問わず、先ず彼らを中央機関で短期研修させたあと、地方の小学校に派遣し、そこの生徒だけではなく、在職中の教師にも新しい知識や文化を直接伝えられるようにしていた。これは成立したばかりの地方の学校の教育水準を向上させることにもなり、一石二鳥であった。学校への派遣期間はほぼ二年前後であった。

ただ徳王がサイチンガを特別に主席府に勤めさせたのにはいくつかの理由があったと思われる。サイチンガの日本で書いた詩や散文などの作品は、徳王政権の支配する地域だけではなく、当時の満州国が支配するモンゴル地域でも反響を呼んでいたからである。彼の「ザンバーに押さえられた若草」などの詩は人びとに愛誦され、特にモンゴルの若者に人気があった。またサイチンガの出身校である「チャハル青年学校」(俗称「張北青年学校」)では、彼のいくつかの詩に曲を付けて歌っていた。たとえば彼の「太平洋の海岸で」という詩に「モンゴル青年たちの旅立ちの歌」というタイトルを付けて、日本語とモンゴル語で歌っていた。しかもその学校の校歌の歌詞もサイチンガにわざわざ依頼するほどであった。

なお前述したように、サイチンガは一九三九年日本へ留学していた時期、満州国の支配下にあったモンゴル人に非常に影響のあったブヘヒシグ氏が組織する「モンゴル文学会」の会員となり、その会が編集していた『丙寅』雑誌に文学作品を多く発表していた。

当時の満州国の支配下で育っていたA・オドセル氏（一九二四～二〇一三、内モンゴル作家協会の元主席、著名な作家）が一九八三年に書いたサイチンガについての回想で、「昔、私が中学校で勉強していた時、最初に読んだモンゴルの文学作品はサイチンガの詩集『心の友』と散文であった。彼の作品が私の興味を引き起こし、非常に感動させられた。家族から遠く離れていた（当時、「満州国」の王爺廟の中学校で学んでいた）私のような若者には、故郷を最も偲ばせ、同時に長い文化的伝統を持つ母語であるモンゴル語の優美さと豊かさに誇りを覚えた」と語っている。[69]

一九四一年初め、満州国で『フフ・トグ』（青旗）紙が創刊されるや、サイチンガは積極的に支援して、自分の作品と翻訳のほか、科学技術の知識についての啓蒙的な文章を寄稿していった。同年八月九日、同紙はサイチンガの詩とともに、すでに触れたが、「『青旗』の良い支持者」と彼を紹介するほどだった。

当時の東洋大学は学祖・井上円了博士の「諸学の基礎は哲学にあり」という教育理念に基づき、「護国愛理」の精神を説き、民族の伝統文化を大切にすることを教えていた。[70] サイチンガが東洋大学で倫理教育を専攻に選んだことから見れば、彼は伝統文化を大切にして、教育の力によってモンゴル民族とその文化を復興させようと考えていたことがわかる。同じ理念を持つ徳王にとって、サイチンガは教育事業に携わるのにまさにぴったりの人材であったのだろう。

実際、徳王の主席府には教科書の編纂、教師の育成、モンゴル的な教育の遂行など多くの重要な仕事を実行する適任者がいなかったのである。そのためサイチンガは帰国すると、すぐさま徳王のモンゴル民族教育を実現させるための責任者に就任した。徳王政権は若い女性と女子学生の教育を重視し、「モンゴルの若い女性の読物」というシリーズを出版することを決め、これをサイチンガに一任した。

サイチンガは僅か三、四か月の間に、このシリーズの第一冊として『家庭興隆之書』(ayil-iyan ögedelegülkü bičig)を完成させた。この本は「家庭は国家と民族の発展の源である[71]」という理念に基づいて、外国(主に日本)の近代的な家庭教育の方法と、当時のモンゴル社会の現実とを結びつけて書かれた内モンゴルでの最初の書物であり、教科書としても使われた。目次からその内容がおおよそ理解できるので、次に記しておく。

『家庭興隆之書』

i　良い家庭を作るための提言

①　人と家庭

②　国家と家庭

③　家庭と女性

④　栄えあるモンゴルの家庭と女性

ii　良い家庭を作る方法

①　勤勉な良い家庭

②　衛生的な良い家庭

③　豊かな良い家庭

④　平和な良い家庭

iii　科学的な生活方法で家庭を向上させよ

①　科学的な食生活

②　科学的な服装

③　科学的な住居

この本は当時のモンゴル社会、特に女性に大きな影響を与えたが、残念ながらこのシリーズは日本の敗戦までに正式に出版されたのはこの一冊だけであった。サイチンガがこのシリーズをどれほど進めていたのか、現段階では不明である。内モンゴルでこのような著作が再び出版されなかったのは、きわめて残念なことと言わねばならない。この本は現時点で、内モンゴルの歴史上、近代の女性の生き方に配慮しつつ編集された家政学についての唯一の専門書と言える。サイチンガは日本の著作を参考にしながらこの本を書いたと思われるが、詳細は不詳である。

またサイチンガは日本語とモンゴル語に優れた才能を認められていたので、主席府の秘書処に勤めていたときには、徳王政権の最高顧問である大橋忠一[72]にも毎日三〇分間、モンゴル語を教えていた。

(2) 家政女子実践学校の教師として

この教科書編纂作業は一九四二年三月に終了し、その後、サイチンガは徳王政権の重臣として、またモンゴル史上、これまでになかった新しい教育理念をもって、徳王の故郷でもあるシリンゴル盟西ソニト・ホショーの「家政女子実践学校」に臨時派遣され、教育の

サイチンガの生徒たち（家政女子実践学校の学生）

第一線で教師を務めた。

ここは一九四一年に開校したばかりの新しい学校で、徳王個人の寺であるウンデル・スムの南側にあって、同ホショーのトサラグチ（補佐官）がみずから校長になっていた。

サイチンガが着任した時、校長とモンゴル人教員二名、そして生徒五八名（一年生二二名、二年生三六名）が共にゲルに六人ずつ住み、団体生活を送っていた。学校には校舎としてゲル（包）が約六〇棟あり、牛一五〇頭、羊三〇〇頭がいた。生徒たちは毎日交替で家畜の乳を搾ったり、乳製品を作ったりと普通の家庭と変わらない生活をしながら授業を受けていた。

一九四二年六月十六日の『朝日新聞』には、記者がサイチンガにインタビューした内容が掲載されていて、それによると家政女子実践学校の一日は、次のようであった。

朝五時に起床、体操、清掃、食事。六時半からモンゴル語（読む、書く）、手芸、裁縫など。午後一時から羊と牛の搾乳。手芸、家政、地理など。四時～五時から裁縫、体操、教練、唱歌。五時～六時夕食。七時～八時から牛と羊の搾乳。

この学校は徳王の指示で創設され、モンゴル民族の伝統的な文化と生活習慣に基づいて「新生活の教育[73]」を行うことを宗旨としていた。徳王もしばしばこの学校を視察し、指導していた。しかし徳王はいつもサイチンガに「現在、一部の若者たちは極端な改革者になり、モンゴルの伝統的な良いことを忘れ、捨て去っている。一方、我々の一部の年寄りたちは古いことを極端に守り、新しいものを受け入れず、モンゴルの振興の邪魔になっている。我々は新しいことと古いことを適度に調整して、国を建て、民族を振興させるのだ[74]」と述べ、この学校の現状にはいささか不満をもっていた。サイチンガも徳王のこの考えをよく理解していたばかりか、その考えを確実に実行するために努力した。

当時、徳王政権の支配する地域では、学校の経営から教育内容まで、すべて日本的な手法が用いられていた。特にサイチンガの母校であるチャハル青年学校、即ち「官立徳化蒙古中学校」の女子部は日本語の教育を柱にしながら、学生たちの髪型や制服や寮の名前や朝礼などもすべて日本式で行っていた。
「新生活の教育」を志して着任したサイチンガは、家政女子実践学校でいくつかの民族的な教育方針を取り入れ、改新を試みた。

①各クラスの名前をトンガラグ・ボラグ（清澄な泉）、セルゲレン・チチグ（賢い花）、スーン・ボラグ（乳の泉）、ゲゲン・チョルモン（明るい明星）、トノメル・テンギス（澄んだ湖）などのモンゴル語にした。

②学校の日常的な用語を日本語ではなく、モンゴル語にした。

③毎朝の体操後、日本の天皇に遥拝するのではなく、チンギス・ハーンと徳王及び学生たちの両親に礼拝することにした。

ほかにも、当時モンゴル社会で一般的に使われていたチベット語の名前を、(75)彼の教え子たちにはすべてモンゴル名に変えさせた。たとえばオヨーンゲレル（知恵の光）、ナランゲレル（太陽の光）、オヨーンダライ（知恵の海）などのようにモンゴル語として意味を持つ、知性とひびきの良い名前を学生につけていた。

さらにサイチンガの努力により、学生たちは制服として、青い絹のデール（モンゴルの伝統的な着物）を着て、黄緑の帯を締めることになった。そして藍色の絹を頭に巻き、首には紅色の糸に結んだ銀で作った仏像のペンダントを掛けた。この制服の指定により、学生たちの間に着衣上の差がなくなり、これも日本留学の経験から学んだと思われる。また学生の生活を改善するためにもいろいろと工夫した。

サイチンガは自分の若い時の体罰体験から、体罰は教育のためにならずと考え、学生への体罰には頑強に反対した。その一つのエピソードとして、女子実践学校長が以前、体罰用に使っていた板を焼いてしまい、教師による体罰をこの学校から根絶させた[76]。

サイチンガはこの学校でみずから執筆した『家庭興隆之書』を教科書として使い、女性の道徳、義務、権利などを社会問題に結びつけて教えていた。また歴史、モンゴル語（文学）、自然、地理、衛生、歌謡などの科目も教え、特に生徒たちに自分の新しい作品を説明しながら、思想道徳の教育を行い、もう一方では文学創作の方法も教えていた。彼は熱心に指導し、作文をよく書かせた結果、生徒たちも文学に次第に興味を持つようになり、作品を書き始める者も現れてきた。一九四四年、日本にあった「留日蒙古同郷会」が編集する『新モンゴル』第四号には彼女たちの詩や文章が掲載されているが、言うまでもなくサイチンガの働きで実現したものであった[77]。

家政女子実践学校はサイチンガや全職員の努力により、徳王政権の模範学校となった。

徳王はこの学校に非常に満足し、西ソニトに来る日本やモンゴルの政府要人に新しい施設として見学させていた。当時、徳王政権の最高顧問であった大橋忠一はこの学校を視察し、徳王の「女性は必ず一家の主婦にならなければならない。生活は現実から離れることはできない。牧畜生活に合わせるために、この学校は必ず純モンゴル式教育を行う」という基本方針に完全に賛同していた。[78]

この学校は更に発展を遂げ、他の地域の女子学校から実習生を受け入れるようになった。徳王は、サイチンガの出身校であるチャハル青年学校の生徒が日本に同化されていることに危機感を抱いていた。そのため一九四四年の春、徳王はこの学校の女子部の生徒たちを家政女子学校に移し、三カ月間研修させた。この研修を担当したのもサイチンガであった。研修内容は歴史、数学、モンゴル語及び道徳教養などであった。サイチンガは歴史、モンゴル語と道徳教養を担当した。彼は世界の文明史を教え、日本の明治維新や中国への侵略のことも語りながら、モンゴル民族の盛時の歴史と現状の危機を詳しく教えた。またサイチンガは特に性道徳についても積極的に教えていた。彼は「国家、民族の興亡はその国家、民族の若い女性に直接関係がある。わがモンゴル民族には偉大なホエルン母[79]がいたから聖なるチンギス・ハーンが誕生し、世界を征服した。(中略)モンゴル民族が衰弱した主な原因の一つは性生活の乱れである」[80]と捉えていて、長詩「淫乱の害」(samaɤun-u qour)を書き、民謡の曲を借りて歌にして教えた。ロルマジドという当時の研修生は、「この研修は民族文化と民族意識の教育であった」と、一九八九年十二月、筆者が訪問した際、若き頃のその感動を噛み締めるようにして語ってくれた。

内モンゴルの西部に位置するトメト地方のモンゴル人たちは、歴史的な原因によって、清朝の末期頃から次第に母語であるモンゴル語を失ってきていた。徳王はモンゴル語を完全に失って漢語しかできなくなっていたトメト・モンゴルの少年たちを、シリンゴル・アイマグ(盟)とチャハル・アイマグの各ホショーの小学校に送り、彼らのモンゴル語を蘇らせるために尽力した。トメト・モンゴルの生徒たちがシリンゴル・アイマグとチャハル・アイマグに行くため、ハーラガンを経由した際、徳王は彼らを主席府に呼び、励ましの言葉を掛けている。同じ時期、家政女子実践学校も積極的にトメト・モンゴルの女子学生を受け入れていった。サイチンガは教員として彼女たちのモンゴル語の学習に尽力し、彼女たちの中国式の名前をモンゴル語の名前に変えた。

サイチンガはこの学校での勤務中に、書簡体の散文集『我がモンゴルに栄光あれ』を出版し、詩集『進む　臼をつく音』を執筆した。残念なことに『進む　臼をつく音』(詩集)

は終戦の混乱により、出版編集作業中に原稿が失われたと言われている[81]。幸いなことにサイチンガは民謡のメロディーを借り、自分の詩を歌にして学生たちに教えていたため、現在ソニト地方に住む当時の生徒たちはサイチンガの「騎馬軍」「学問を習う私たち」「卒業の歌」など、いくつかの詩を歌として覚えていた。彼女たちが記憶していた歌詞が詩集『進む臼をつく音』に収めた詩であると推測している研究者もいる。サイチンガはそのほかにもいくつかの詩とテキストを書いたが、戦乱により所在不明となった。

ここで『我がモンゴルに栄光あれ』(散文集)について紹介しておく。

『我がモンゴルに栄光あれ』は一九四四年四月、主席府から出版された。徳王政権の参事官、東ソニト旗王のゴルジョルジャブがこの本の為に序文を書いている。序文ではこの本の内容と文体を高く評価し、サイチンガについては次のように記している。

「誠実かつ真面目で、聡明かつ勤勉である。そして幼時から学問を学び、特に遠く離れた外国である日本に五年間住み、教養を身につけるため己れの疲れもいとわず、固い決意で努力し、身につけた学問を我がモンゴルの若者たちに伝えたいと思う情熱が明白に表れている。そのために私は本当に心より素晴らしく思う気持ちと同時に、おのれの無学を顧みずにこの雑文を序言として記した[82]」。

『我がモンゴルに栄光あれ』は内モンゴルの現代書簡文学の始まりとされているが、大きく二つの部分から構成されている。第一章の一七編の文章のうち、一六編が書簡体で書かれている。第二章は作者がチャハル青年学校にいた時期の作品をまとめたものである。第一章の主な内容は以下の通りである。

怠け者であった青年が勤勉に生きることを教えてくれた親友に書いた感謝の手紙／ある女子学生が学校に行かなかった友人に人生について語った手紙／日本に留学中のモンゴル青年が故郷にいる友人に静岡県静浦の合宿訓練の様子を伝えた手紙／五十五歳の女性が友人にモンゴルの女性たちの苦しい人生について語った手紙／五年ぶりに故郷に帰ったある留学生が故郷の変化について書いた手紙／オヨーンダライの『晴れやかな山村』という作品についての手紙などである。

これらの手紙は、様々な角度から当時のモンゴルの社会問題、特に女性問題、教育問題、宗教問題及び風俗習慣などについて書かれている。その中で、『晴れやかな山村』についいての手紙はサイチンガの最初の文学評論となっている。

徳王はサイチンガの人柄と学問及び仕事の成果を大きく評価し、「メイリン」（中国語表記は梅林(83)）という称号を与えた。当時、徳王政権の官吏は、その多くが清王朝時代から世襲した王、公、即ち貴族たちであった。サイチンガに特別に「メイリン」という称号を与えたことは、彼の社会的地位を高めることでもあった。当時の学生たちはサイチンガを「メイリン・バグシ」（バグシはモンゴル語の先生の意）と呼んでいた。

この学校は終戦により解体され、四年ほどの短い歴史で終わったが、モンゴル民族の教育史上、特に女子教育史においては、貴重な試みが行われたと言える。この学校での教育は、今後のモンゴルの教育を考える場合にも重要な意味を持つはずである。

サイチンガはこの学校に在職中、学外での社会活動にも従事していた。たとえば一九四三年の冬、徳王の長男ドガルスレンとともに日本を一カ月間、見学旅行したことがあった。また一九四四年夏、徳王政権の各小学校の教師に対する一カ月の短期研修が西スニトの徳王公邸で行われ、サイチンガはモンゴル語、児童心理の研究方法、歌謡などの科目を担当した。この短期研修の最後に、家政女子実践学校で数日間の見学研修をおこなった際もサイチンガが指導していた。それ以外にもサイチンガは徳王官邸に「モンゴル語文研究会」

という組織をつくり、週二回（毎回二時間）モンゴル語を教え、官邸で徳王の子供たちにもモンゴル語などを教えていた。

（3）「蒙古留日同学会」と「復興のモンゴル」誌

一九四二年七月一日午後、「東亜人の東亜を実現し、興亜興蒙のため、（中略）後輩たちの留日を後援するため」に、徳王政権の首都ハーラガンの明徳北通りにある「遠来荘」で蒙古留日同学会が結成され、政務院長呉鶴齢が会長に、晋北政庁長田汝弼と徳王政権交通総局長金永昌が副会長に就任した。興蒙委員会実業処長瑞永が幹事長となり、チョグバダラホ、サイントブ、チョグトマンライ、ラシジュンネ、蔣徳興、何思麟、李常茂、サイチンガ、ハンギン・ゴンブジャブ九名が幹事となった。[84]

同学会の活動については不明な点が多いが、この会によって一九四五年一月にモンゴル語の『復興のモンゴル』（mandaqu mongɣul）誌が発刊されたことは明らかである。ただし、発行元は「蒙古留日同学会」とあるが、編集者名が記されていない。ハンギン・ゴンブジャブが「創刊の言葉」を書いていることから、彼を中心に編集されたと思われる。第二号は印刷が終わり、製本の段階で終戦を迎え、印刷工場が廃業に追いこまれたため、発行できなかった。一九四五年の冬、セルウィスが張家口の売店でモンゴル文字の紙で商品を包むのを見て、その数枚を買った。後にそれをハンギン・ゴンブジャブに送り、確認したところ、『復興のモンゴル』第二号の一部であることがわかった。その数枚は現在、アメリカのインディアナ大学に保管されている。

この『復興のモンゴル』第一号にサイチンガの名で掲載された作品は、「世界史におけるモンゴル」(論説)、「女性の知るべき知識」と「青春の喜び」「朝の喜び」「冷たい吹雪」「白い海」「訓練班の歌」(詩)、「太陽と太陽系」(科学知識)であった。第二号へは「鬼」(散文)と「四訓」「復興するモンゴルの騎馬軍」「卒業記念の歌」「春の宮殿」「若いあなたの記憶」「我がこころよ」「モンゴルの若者」「モンゴル娘」(詩)が掲載予定であった。

当時のモンゴルの若者と同様、サイチンガは「昔はチンギス・ハーン、今は徳王」と信じ、徳王に大変尊敬の念を抱いていた。サイチンガは徳王の教育理念をまとめた「勤・敬・忠・誠」について詩を書き、『復興のモンゴル』第二号に「四訓」として掲載されるはずであった。この「四訓」は文化大革命では徳王の理念を讃えたとして「罪状」の一つとなった。

第一号に発表した「女性の知るべき知識」は、女性の月経に関する文章である。当時のモンゴル社会では、月経は「汚いもの」という認識が蔓延していたため、サイチンガはそれを批判し、月経は女性だけにあるもので、生命の誕生につながる女性の健康の証であることを力説した。更に「月経中の女性と性行為をすると淋病が治る」という「蒙昧時代の誤った認識」を強く批判し、女性たちは身を守るため、断固拒否すべきだと強く主張している。また月経と年齢、女性の精神と肉体に与える影響、月経に対する各国の考えなども紹介し、さらに月経については、女性だけではなく、男性も正しく認識すべきだとも述べている。この文章はサイチンガの女子学校での講義内容が元になっていたと考えられる。

当時のモンゴルの男尊女卑社会では、女性は「汚れ者」という偏見を持つ人が多く、公の場で性と性行為、月経などに関わる言葉はタブーであった。サイチンガが敢えて月経に関する文章を書いたのは、女性を正しく理解し、女性の地位を向上させ、彼女たちの健康を守るためであった。サイチンガのこの文章は、内モンゴルの近代史上、社会学の視点から女性の生理をテーマにした最初の文章であり、革命的であった。

月経はモンゴル語で「sar-a-yin temdeg」（月の表記、月の表号）、「sar-a-yin belge」（月の象徴）、「sar-a-yin kkir」（月の汚れ）などと呼ばれていたが、サイチンガはこの文章で意図的に「sar-a-yin belge」（月の象徴）という表現を使っており、サイチンガの女性に対する敬意が伝わってくる。しかし残念ながら、現在の内モンゴルでは「sar-a-yin kkir」（月の汚れ）が定着してしまっている。

ここでサイチンガの恋をテーマにした「夏の花」という詩を紹介しよう。

澄み切った湖に
かぐわしい薫りを漂わせ
しとやかに微笑むあなたを見るとき
心が明るく広がっていく

尽きない太陽の光と
無限の大地の恵みを受け
生い茂る木と草の間に
ことばに余る美しい姿を見たとき
胸がパッと晴れてくる

命が生き生きとする夏の季節
緑に覆われる山々の中
太陽に笑顔を傾かせ
彩りの蝶々が近寄る
可憐なあなたを囲んで踊る蝶を見て
わたしの心は弾んでいく

黄金の太陽の光を浴びながら
蝶々の踊りに惹かれて
晴れ晴れしく笑い出す
植物の精霊であるあなたの
薫りが漂ってきたとき
命の愛が燃え上がる

（T・ナブチ訳）

この詩のタイトルは花だが、詩の中には花という言葉は一度も使われていないのが特徴である。あくまでも読者に女性をイメージさせるために比喩として使われている。サイチンガはこの詩で女性を精霊に喩え、可憐な女性の初々しい姿を描いた。

第二号の「鬼」という文章は、サイチンガの故郷で起きた実話に基づき、迷信に惑わされる遊牧民と嘘八百のラマ僧の実像を描写した作品であり、また当時のモンゴルの環境問題について取り上げた稀有な文章でもある。

(4) 徳王の秘書と興蒙委員会の編審官として

一九四五年一月、サイチンガは徳王の文化教育担当の秘書となった。最初の仕事として、彼は徳王政権に所属する各ホショー(旗)の学校の数、及び教師と学生の数の統計調査を行い、三月から四月にかけてチャハルの各学校を視察した。彼は徳王の秘書、また政府の職員として、自分の母校である「官立徳化蒙古中学校」(即ち、元「チャハル青年学校」)を視察する時、敢えて継ぎあてしたズボンを穿いていき、学生たちに「私はよい衣服を持っていないわけではなく、よい衣服を着ることができないわけでもない。我がモンゴルには

「物で身を飾るより、学問で身を飾れ」という諺があるだろう。（中略）人は必ず夢と希望を持って生きなければならない。よい衣服を着て、美味しいものを食べて、贅沢三昧を夢見るか、国や民族が世界で平等に扱われるために努めるか。これこそ我がモンゴルの若者たちが、ただちに選択しなければならないことである。（中略）ヨーロッパの戦争が終わった。まもなく、アジアの戦争も終わる。今は圧迫されている我が民族にとっては非常に重要な時期である。（中略）すぐに我が若者たちが祖国のために努力する時期が来るだろう。（中略）この重要な時に、我がモンゴルの若者たちは必ず祖先の歴史に学び、未来の幸福に向かって努力しなければならない(85)」と語った後、みずから書いた歌詞「モンゴルの若者たち」という歌を学生たちに教え、学生たちを励ました。サイチンガはチャハルの各学校を視察し、時代が変化していることを学生たちに伝えていた。

同年の四月、サイチンガは興蒙委員会（即ち、モンゴルを振興させる委員会）に移り、編審官（編集審査官）となった。そこで教師たちに教えるために(86)『教育方法』という教師用教本を編集した。残念なことにこの教本の所在はわかっていないが、内モンゴルの近代教育方法についての最初の専門書ではないかと推測される。

サイチンガは一九四五年一月、ハーラガンに移り、終戦まで、「興蒙学院(87)」と「蒙古高等学院」[88]で週二回、モンゴル語とモンゴル文学を教えていた。
一九四五年七月中旬、徳王は自分の故郷で盛大なオボー祭[89]を行った。これを契機として
サイチンガたちは徳王の故郷の別荘に集まり、秘密の会議を開いた。この会議にはサイチ
ンガ、ラースルン（東洋大学経国科昭和十八年卒業生）、オノン・ウルグンゲ（東洋大学経国
科昭和十九年卒業生[90]）、シュウミント（東洋大学経国科昭和十九年卒業生）、ダミリンジャブ
（別名、ブリンサイン、東京高等師範学校卒業生[91]）、ハンギン・ゴンブジャブ（北海道帝国大学
卒業生）、ホルチンビリク（東京医学専門学校卒業生）、ボヤンヒシグ（日本陸軍士官学校卒
業生）、ドガルジャブ（長野師範学校卒業生）と他一名（北海道帝国大学卒業生、本人の希望
により氏名は伏せる）の元日本留学生を中心とした一〇数人が出席した。会議では全モン
ゴルの統一を目標とした党を創ることになったが、党名を決めるのに長い時間が費やされ
た。サイチンガは「モンゴル人は誠実で真面目」ということから、オノンが提案した「真
党」という名前に賛同[92]した。激しい論争の結果、ダミリンジャブとハンギン・ゴンブジャ
ブたちが提案した「モンゴル青年党」（簡称、蒙青党）が採用された。そして全モンゴル統
一に努めること、新しい党員を募集することで合意された。実は同様の宗旨の会議はすで
に一九三八年五月と六月に東京で開かれたことがあった[93]。

（5）終戦時の動き

一九四五年に入ると、日本の敗戦の色がますます濃くなってきていた。徳王は漢人が集中している地域にあったモンゴル人の学校や軍隊を、モンゴル人が集中している地域に少しずつ移動させていた。徳王を始め内モンゴルの多くの人びとは、モンゴル人民共和国（現モンゴル国）と統一されることを望んでいた。

八月上旬、徳王はサイチンガをチャハル盟の張北に派遣し、政府をグルフフ・ホショーの沙漠地帯、即ちサイチンガの故郷に移す準備をさせた。

サイチンガは八月十四日、ハーラガン（張家口）に戻ると徳王に「閣下の政治生活は今、終わりましたが、閣下が蒙古（モンゴル）のためにつくされたことを、われわれ内蒙古（内モンゴル）人は一生忘れません。閣下のお名前はかならず歴史に残ります。われわれは閣下を敬愛しておりますから、閣下の安全を考えなければなりません。今、閣下は中国かチベットへ行かれた方がよろしいでしょう」(94)と話した。その後、徳王の政治担当の秘書だったハンギン・ゴンブジャブ（元北海道帝国大学卒）に「弟よ、私たちが待っていた時が来た。私は蒙古（張家口の北にあるモンゴル人が住でいた地域）に帰って内蒙古（内モンゴル）と外蒙古（外モンゴル）との合併のために動く。お前には閣下の安全について責任を負ってもらわなければならない。お前はどこまでも閣下について行ってくれ[95]」と心から懇願した。そして翌日の朝、即ち八月十五日の朝、サイチンガはゴリミンス（モンゴル軍の副司令官）、リュィユン（興蒙委員会総務処長）、ゴンボ（元北海道帝国大学卒）と四人で徳王に面会し、別れの挨拶をした。徳王は彼らに「ゴリミンスは張北にいるチャハル・モンゴル軍をモンゴル人が集中している地域に移動させる。リュィユンはハル八軍（モンゴル人民共和国軍）が今回、内モンゴルを統一する意志があるか、彼らがどこまで内モンゴルに入って来られるか調査する。貴方たち二人（サイチンガとゴンブ）は彼ら（ゴリミンスとリュィユン）を手伝ってくれ！[96]」とそれぞれに任務を与えた。

徳王は一人のモンゴル人として、モンゴル人民共和国に純粋な善意と希望を持ち、全モンゴルの統一を実現するため、最後まで努力するつもりでいた。しかしモンゴル人民共和国側はすでに徳王を敵と見なしていたのであった。

サイチンガたちは張北に行くと、そこにいたチャハルの四〇〇人ほどの兵士を連れ、チャハルのミンガン・ホショー（旗）に向かった。途中でゴリミンスがモンゴル人民共和国軍にボヤンヒシグ（日本陸軍士官学校卒業生）とゴンブ（元北海道帝国大学卒業生）を使者として派遣した。サイチンガたちがミンガン・ホショーに着いて間もなく、モンゴル人民共和国の代表から多倫に呼ばれ、面会した。そこで約二週間、政治思想や経歴の審査を受けた。その後、モンゴル側に協力し、乗り物、食料の手配などに従事し、サイチンガはチャハル・アイマグ（盟）のアイマグ副長に任命された。彼はチャハルの各ホショーの若者を組織的にモンゴル人民共和国に送り、留学させ始めた。

6　モンゴル人民共和国へ

(1)　モンゴル人民共和国への留学

終戦により、内モンゴルでは新たな混乱が生じていた。それは中国国民党と共産党の争いであった。一方、当のモンゴル人たちは徳王を始め、ほどんどの内モンゴル人はモンゴル人民共和国との統一を望んでいた。そのため一九四五年九月、サイチンガたちが組織した「モンゴル青年党」のメンバーが徳王の故郷である西ソニトで「内モンゴル共和国臨時政府」を樹立した。全モンゴルの統一を目的としたモンゴル青年党がモンゴル人民共和国軍が占領していた西ソニトで臨時政府を樹立させたことから、モンゴル国側にはこの戦争に乗じて、内モンゴルを統一しようという思惑があったのかもしれない。しかしスターリン政権が連合軍としてモンゴル軍をこの戦争に参加させた目的は、内モンゴルとの統一ではなかった。それはこの戦争によって、モンゴル人民共和国の国際的な地位を向上させ、ヤルタ協定で決めたモンゴル人民共和国の現状（即ち独立性）を維持するためであった。当時、ソ連、そしてスターリン政権にとって全モンゴルの統一より、モンゴル人民共和国の独立を維持することの方がより重要だったのである。

一九四五年十月、モンゴル人民共和国の代表ラムジャブ副首相が帰国する前に、内モンゴル共和国臨時政府は中国共産党の指導を受けるように指示した。こうして内モンゴルは中国共産党の支配下に入り、内モンゴルと外モンゴルとの統一の夢は消え去ってしまい、モンゴル民族統一を目指してきたサイチンガたちの努力は水泡に帰したのである。

このような情勢の中で、サイチンガはモンゴル人民共和国へ行き、学び直すことにした。サイチンガの人生及び思想、さらには創作にとって、一九三七年の日本留学を最初の転機とするなら、一九四五年のモンゴル人民共和国への留学は第二の転機と言えるだろう。

(2) スフバートル高等幹部学校で

一九四五年九月末、サイチンガはモンゴル人民共和国の代表として内モンゴルに来ていたラムジャブ副首相に随行し、モンゴル人民共和国の首都ウランバートルに着いた。そこで一カ月程「個人の経歴を紹介させられた[97]」後、十一月十一日、「スフバートル高等幹部学校[98]」に入学することになった。

この学校は共産党（即ち人民革命党）と政府の幹部を養成するための機関で、モンゴル人民革命党は非常に重視し、モンゴル党中央委員会の秘書長であるスレンジャブが学長を兼任していた。制服と食料はすべて国家が支給し、全寮制で学校の規則も厳しかった[99]。校舎はハルハ・モンゴルの宗教主であるジェブツンダンバ・ホトクトの別荘を改修したものであった。ちなみに同じ場所に政府は一九四五年の冬から一

モンゴル人民共和国に留学時代（後列左）

年半の間、日本人捕虜を使い、新しい校舎（三階建て）を建設した。当時、この建物は国家の重要な建築物であり、建物は現存している。

内モンゴルから来た若者たちのために、この学校は特設クラスを設け、学力によってクラスを分けた。サイチンガは徳王の息子ドガルスレンとフロンボイルのドガルジャブ（東京大学の服部四郎教授と『元朝秘史』を研究したことがある）など九名がGクラスに入った。教育課程の内容は、主にモンゴル人民党史、ボルシェビキ党史、モンゴル人民革命党史、モンゴル国史、護国戦争、経済の世界、モンゴル国憲法とソ連連邦の憲法、ソ連連邦と資本主義諸国のダーウィニズム、経済、ダーウィニズム、ダーウィン論の根拠、党と国家の建設、キリル文字、モンゴル語などであった。サイチンガはこのクラスでの一九四五年度の総合成績が非常に優れていたため、翌一九四六年度からは同校の三年生として学ぶことになり、奨励金も受けることができた。

サイチンガと共に学んでいた一人の後輩は、彼について「良く勉強し、試験でいつも優秀な成績を修めていた。彼自身はしっかり勉強しながら、我々に積極的に手を差し伸べ、時間があると授業での難しい箇所を解説したり、自分のノートを見せてくれたり、授業の内容をまとめることも教えてくれた」[100]と語っている。

この時もサイチンガは学びながら、内モンゴル人留学生の代表として活動し、さまざまな会議や集会で講演したり、詩を朗読したりしていた。サイチンガが日本留学中に書いた「ザンバーに押さえられた若草」という詩はモンゴル人民共和国でも高く評価されていた。ここでその詩の一部を紹介しておく。

母なる大地の愛の恵み
貴い命の強さを授かり
この世に生まれてきた私は
これから芽生える草の芽だ

慈愛ある大地の養分を授かった
すくすくと伸びる若い私の力に
年取って捨てられた古いザンバーよ
いつまでも押さえることなどできるのか

あらゆる古いものが壊れ尽き
命ある新しいものが栄えるのがわかるか
偉大な力で突き抜けてきて
空の眩しい光と出会うのを見よ

（秦　俊也　訳）

サイチンガはTs・ダムディンスレン[101]を始め、モンゴル人民共和国の有名な作家、詩人たちと広く交流を深めていた。彼が一九五六年九月二十八日にTs・ダムディンスレン氏宛に敬愛と親しみを込めて書いた手紙では「親友、尊敬すべき兄、同志」と呼び、手紙とともに自分の作品と息子との写真を同封した[102]。サイチンガはまた有名な詩人ツェデンジャブの影響を受け、「階段式」の詩を書きはじめ、それを内モンゴルに伝えたと言われている。サイチンガのモンゴル人民共和国での勉学、創作活動と作家たちとの交流については、T・ツデッブの研究によって明らかにされた[103]。

サイチンガは日本に留学していた時期から、すでにモンゴル人民共和国に純粋な憧れを抱いていた。その憧れは国の政治制度を超え、モンゴル人の唯一の独立国家だったからである。彼は首都ウランバートルに来てみて、かつて内モンゴルと同様に貧乏・愚昧・怠慢・病気が蔓延していた外モンゴルが、社会主義・共産主義思想によって独立・自由・幸福の国を創り上げたと単純に認識して感動した。そして、「ウランバートル」「自由」「乳を搾る二人の妹」「明け方」「無名な一束の花」「我が学校」「記念」などの多くの詩を書いた。サイチンガはオ・チョルモン、ウ・チョルモンというペンネーム、もしくは本名で当時の代表的な文学雑誌である月刊『ツォグ』誌を始め、雑誌や新聞などに作品を寄稿し、掲載されていた。彼はその時期のことを「以前の間違った思想をきっぱり捨てて、(中略)民族主義の害毒を理解して、革命と共産党及び共産主義の教育を享受した」[104]と記した。

モンゴル人民共和国行きでサイチンガの文学は新しい時代に入ったと言える。サイチンガは民族主義者から共産主義者に変身し、新しい詩を書き始めた。彼は新旧社会を比較しながら、現在のモンゴル人民共和国の新生活を賛美した。同時にモンゴル人民共和国の敵国である日本軍国主義の侵略批判も詩の中に表現された。彼のモンゴル人民共和国留学中の代表的な詩「ウランバートル」の一部を紹介したい。

内外のモンゴルの人々に名を知られ

金色に光るトーラ川の清流に影を映し
由緒あるモンゴルの民に誇りとされ
アルタイ・ヘンティの麗しき嶺とその雄姿を競い
　これぞ人民の新しい都、その名が轟くウランバートル

踏ん反り返る官吏の強圧で建てたわけではない
鞭を振り回す衛兵の打ち殴りで建てたわけではない
鎖を繋がれた奴隷にレンガを作らせていない
腹を空かせた被圧迫者に強制的に造らせていない
　これぞ人民の新しい都、その名が轟くウランバートル

（省略）

傲慢な王公が専用する宮廷として建てていない
享楽な金持ちが遊ぶ庭園として建てていない

横暴な軍閥の兵営は散らばっていない
貪欲な商人に搾り取られる店舗は溢れていない
　これぞ人民の新しい都、その名が轟くウランバートル

（省略）

巨大な革命家スヘバートルの記念碑を胸に飾り
偉大な指導者チョイバルサンの手で礎を築き
アジアのこころの地にレーニンの旗を高く掲げ
人民の愛しみで栄える革命の中心地
　これぞ人民の新しい都、その名が轟くウランバートル

（T・ナブチ訳）

　この詩にはかつてのサイチンガの詩の面影は見当たらず、革命を賛美する詩となっている。またこの詩はモンゴル国の現代文学の父、D・ナツァグドルジ(105)の「我が故郷」という

詩の影響を受けたと言われている。ここで「我が故郷[106]」から何行かを紹介しよう。

ヘンテイ、ハンガイ、サヤンの 高く麗しき嶺々
北方の飾りとなりし豊かな森林の山々
メネン、シャルガ、ノミンの広大なるゴビ
南方の飾りとなりし砂丘の海原
　これぞわが生まれし故郷
モンゴルの麗しき国
匈奴の時代より我が祖先の故郷
青きモンゴルの時代に力強く興りし国
古き季（とき）より慣れ親しみし故郷
今、赤き旗に覆われし国
　これぞわが生まれし故郷
モンゴルの麗しき国

一九四七年七月、サイチンガは優秀な成績でスフバートル高等幹部学校を卒業し、十一月に内モンゴルへ戻った[107]。

7 内モンゴル自治区での活動

(1) 内モンゴル自治区の成立

一九四五年八月十五日、日本の敗戦により満州国と徳王政権の存立に終止符が打たれた。当時、徳王を始め、ほとんどのモンゴル人はモンゴル人民共和国との統一を望んでいた。そのため「内外モンゴル統一」「独立」「高等自治」といったスローガンの下でさまざまな活動が見られた。

同年八月十八日、元満州国に属していた一部のモンゴル人たちがウランホト（王爺廟）で会議を開き、内モンゴル革命党と同党の東モンゴル支部を設立させ、「内モンゴル人民解放宣言」を発表し、モンゴル人民共和国との統一を主張した。それと共にモンゴル人の軍隊を組織し、「内外モンゴル統一」を求める署名運動を行った。その後、モンゴル人民共和国に代表を派遣して、内外モンゴル統一について話し合いを持ったが、完全に拒否されてしまった。一方、一部の若い知識人たちは十月五日、内モンゴル革命青年団を組織し、中国共産党と連絡を取った。

同年八月二十三日、内モンゴルの最も東にあるフロンボイル地域のモンゴル人たちはモンゴル人民共和国に代表を派遣し、フロンボイルをモンゴル人民共和国に所属させるよう求めたが拒否された。そこで十月八日、フロンボイルの首府であるハイラルでフロンボイル自治省を成立させた。成立して間もないフロンボイル自治省は長春に代表を派遣し、中国国民党東北行省にフロンボイルの高等自治を求めたが受け入れられなかった。

サイチンガたちが組織した「モンゴル青年党」は終戦後、徳王の故郷で、しかもすでにソ連とモンゴル人民共和国連合軍に占領された西ソニト旗で、敢えて「内モンゴル臨時人民委員会」を成立させた。そして現地に入ってきた連合軍に「内外モンゴル統一」を訴え、更にモンゴル人民共和国に代表団を派遣したが、すべて拒否された。その結果、同年九月九日、西スニトで内モンゴル人民代表会議を開き、内モンゴル人民共和国臨時政府を発足させ、徳王政権時代に最高法院長であったボヤンダライを主席とした。内モンゴル人民共和国臨時政府はモンゴル人民共和国に再び代表団を派遣し、ソ連とモンゴル人民共和国に内モンゴル人民共和国の独立承認を求め、ウランバートルのラジオ放送を通じて、内モンゴルの独立を全世界に宣言しようとしたが、これも受け入れられなかった。

当時のモンゴル人民共和国が内モンゴルのあらゆる「統一」や「独立」に向けた運動を一切支持しなかったのには、いくつかの理由が考えられる。その主な理由を二つ挙げておく。その一つは、モンゴル人民共和国は一九二一年に独立を宣言したものの、モンゴルでの主権を主張する中国が承認していなかった（中国国民党政府が、モンゴル人民共和国の独立を正式に承認したのは、一九四六年一月五日）。そのため自国の独立を死守することに精力が注がれ、内モンゴルの「統一」や「独立」を支持するまでの国力に欠けていた。もう一つは、急激に国際情勢が変化する中でスターリン政権は、当時のモンゴル人民共和国のみの独立を堅持することを「ヤルタ協定」ですでに決定していたからであった。こうしてモンゴル人民共和国は内モンゴル側の要求を受け入れなかったばかりか、「内モンゴルに関しては中国の内政であり、中国共産党と連絡すべきだ」と指示したのであった[108]。

一九四五年十月、中国共産党の指示により、ウラーンフ[109]他が西ソニトへ行き、内モンゴル人民共和国臨時政府を改組し、ウラーンフみずからが主席となり、政府を張北に移し、そこで解散させた。十一月に入り、張家口で内モンゴル自治運動連合会が成立し、ウラーンフが主席に就任した。こうして内モンゴルは中国共産党の指導の下で自治運動を行うようになった。当時、民族意識が強い内モンゴルの若い知識人たち（主に日本の教育を受けた者）は、積極的にその自治運動に参加した。彼らは共産主義を信奉していたというより、当時の中国共産党の民族政策に賛成していたというのが真実に近いかもしれない。また視点を変えてみれば、当時、中国共産党の指導の下で自治体制を確立する以外、最善の方法がなかったとも言える。

ちなみに中国共産党は一九二二年七月の第二回全国代表大会で「モンゴル・チベット・回疆（現新疆ウイグル自治区）の三地域で自治政治を行い、民主自治邦とする」と発表していた。更に一九三五年十二月二十日、中華ソビエト中央政府は毛沢東の名義で「内モンゴル人民に対する宣言」を発表し、「完全に分離独立する権利をも有していると考える」と公言したのであった。周辺の少数民族に自治権利をまったく認めようとしなかった中国国民党の政策に比べれば、中国共産党の民族政策の方が非常に巧みであったことがわかる。

一九四七年五月一日、内モンゴル自治政府がウランホト（王爺廟）で発足した。しかし内モンゴルの半数以上の地域が国民党が支配する周辺各省の所属とされ、成立したばかりの自治区にはやるべきことが山積みとなっていた。革命意識と文化的な知識を持つ幹部が早急に必要とされた。そこでウラーンフはモンゴル人民共和国の政府を通じ、「スフバートル高等幹部学校」で学んでいた留学生に協力を呼びかけた。

(2) サイチンガがNa・サインチョクトとなった

内モンゴル自治政府が発足したものの、中国の内戦は膠着状態に陥っていた。モンゴル人民共和国は終戦の際、内モンゴルとの統一を拒否したが、内モンゴルの行方には大きな関心を持っていた。そのためサイチンガらに「情報員」という任務を与えて、内モンゴルに帰した。

一九四七年十一月、サイチンガは沙原の実家に帰らず、当時の内モンゴル自治政府の首府であったウランホト（王爺廟）に向かった。その際、サイチンガの名前は「Na・サインチョクト」に変わっていた。サイチンガ一人だけではなく、一緒に戻ったチャハルの留学生の名前がすべて変わっていた。その理由はおそらく彼らの故郷が再び国民党に占領されていたため、身の危険と家族の安全を考慮したからであろう。翌月、サイチンガは内モンゴル新聞社に配属された。同月一六日、彼はモンゴル国から戻る直前に書いた有名な詩「沙原・我が故郷」を『自治内モンゴル』紙に発表した。

「沙原・我が故郷」

金色の沙よ、
我が父母の郷よ。
我ら人民の、
永遠の恵みの土地よ。

昔より我ら祖先の、
骨を抱いてきた土地だ。
愛国の勇士達の、
血を受けてきた大地だ。

この沙原、これこそは、
我らの魂の故郷。
共産党、これこそが、
自由の故郷へ続く道。

運命は一つ、兄弟よ、
大きな声で歌おう。
恵みの地この沙原を、
いざ喜びの土地に。

この詩はサイチンガが社会主義者の詩人になったことの証であった。彼は「共産党宣言」にある「一個人による他の個人の搾取が廃止されるにつれて、同じように一国の他国に対する搾取も廃止される。国民の内部における階級の対立が消滅するとともに、国民相互の敵対的立場も消滅する」[110]という理論を信じていたと言える。中国共産党の指導下、モンゴル民族が完全に解放され、自由、平等になれると純粋に考えていたようである。

一九四八年四月一日、サイチンガが担当した『人民知識』誌が刊行された。内容は国内外の政治状況、政治常識、衛生常識、牧畜業知識と文学などであった。文学欄には当時のモンゴル人民共和国の著名な作家D・センゲーの小説『アヨーシ』が連載されていた。また、キリル文字の講座欄もあった。だが間もなくサイチンガは「一般のモンゴル文字が読める民衆のための雑誌のはずが、知識人の書物になってしまった。これは規律が乱されたたことだ。また枚数も四〇枚を超えない規定のはずが次第に増えて八〇枚を超えてしまった。これは組織の統一指導の規定に違反した」と「反省」[11]の文章を書かされることになった。新聞社の同僚たちは不明な点はすべてサイチンガに教えを仰いでいた。サイチンガはいつも親切に説明していたようで、彼の幅広い知識と学問に感服した同僚たちは、彼を「生きた図書館」と呼んだ。サイチンガは職務に責任を持ち、努力家であったため、一九四九年五月、新聞社の「労働模範」に選ばれた。

この間、彼は仕事の合間を縫って多くの詩を書き、『牧民の識字書』というテキストも書き上げ、一九五〇年九月、内モンゴル新聞社から出版された。サイチンガはその当時からモンゴル語の普及と発展、そして専門用語、熟語の標準化に大きな役割を果たした。

サイチンガはまた内モンゴル新聞社に勤務しながらモンゴル国から持ち帰った『共産党宣言』(B・リンチンがドイツ語からキリル・モンゴル文字に翻訳し、オイドブがキリル・モンゴル文字からモンゴル文字に転写)、『モンゴル秘史』(Ts・ダムディンスレンの現代語訳)などを編集し、内モンゴル日報社が出版した。また『漢蒙対照辞典』をエルデニトクトフと共編し、出版した。

一九五〇年になると内モンゴル人民政府はウランホト(王爺廟)から張家口に移った。

同年八月、サイチンガは内モンゴル人民政府文教部（文化・教育部）の編訳処（編集・翻訳所）に転属し、主に「内モンゴル人民出版社」の設立に関わる仕事に従事した。サイチンガが執筆した『迷信に惑わされない』（独幕話劇）、毛沢東の『連合政府論』の翻訳が、内モンゴル日報出版社から出版された。

一九五一年六月、サイチンガは内モンゴル人民出版社に転属となり、一九五二年からは『毛沢東選集』の翻訳、出版の仕事に携わった。この仕事は内モンゴルの優れた研究者たちが参加していたため、翻訳のレベルは高く、大蔵経の『ガンジョール』・『ダンジョール』のモンゴル語訳と並んで高く評価されている。

一九五三年四月にモンゴル人民共和国の芸術団が中国を訪問した。当時、モンゴル人民共和国はソ連に続いて中華人民共和国を二番目に承認した国家であったため、両国の関係は黄金時代を迎えていた。中国政府は芸術団を国家レベルで歓待し、北京では毛沢東を始め、国家指導者たちはこの芸術団と異例とも言える会見を行い、公演を鑑賞した。芸術団は北京、南京、上海、杭州、広州、武漢などの都市で公演した。

サイチンガはこの芸術団の中国側随員として、五〇余日一緒に行動した。彼はこの経験を『モンゴル人民共和国芸術団随行記』という散文集にまとめて出版した。これは内モンゴル自治区成立以降に出版された最初の散文集であった（一九五一年から一九六二年まで内モンゴルで出版された作品はすべて内モンゴル人民出版社から出版。以下は出版社名を省略）。

同年八月、サイチンガはフフホトの中国共産党内モンゴル・綏遠分局宣伝部文芸処に転勤となった。同年に設立された「モンゴル語専科学校」（「蒙古語文専科学校」）の非常勤教員となり、「文学創作基礎」を教えた。またスターリンの『民族問題とレーニン主義』をエルデニトクトフと共訳して出版することになった。

一九五四年、サイチンガが書いた詩「青い色のテルリグ」（テルリグはモンゴルの民族衣装）は、彼の新時代での代表詩であり、自由恋愛を謳った作品である。

九月、中国全国人民代表大会第一回会議が北京で開かれた。この会議は中国最初の憲法について検討して決定したが、政治性が極めて高い会議であった。そのため内モンゴル自治区人民政府はサイチンガら一流の学者、文学者、翻訳家から構成された四〇名の翻訳グループを組織し、会議開催の一カ月前から北京に入り、翻訳作業に従事させた。サイチンガは憲法の全文を通読し、最終チェックをした。

十月、内モンゴル自治区第一回文学芸術者連合会でサイチンガは常務委員に選出された。

一九五五年に入るとサイチンガは内モンゴル自治区文学芸術者連合会に移籍し、専ら文学創作と文学雑誌の創刊につとめた。二月、彼の詩集『私達の雄壮な叫び』が出版され、三部から構成されていた。第一部には一九四七年十二月から一九五四年七月までに書いた「沙原・我が故郷」「細菌戦を消滅させよう」「北京市の賛歌」「青い色のテルリグ」「ダンス」など一四篇が収められている。第二部には一九四五年十二月から一九四七年九月までに書いた「ウランバートル」「無名の一束の花」など四篇が収められている。第三部には日本留学中に書いた「青春よ」「光の源」「ザンバーに押さえられた若草」「お花姫」など五篇が収められている。「あとがき」にはサイチンガの簡単な解説が加えられている。

同年の八月に、サイチンガは『内モンゴル文学』の編集者となった。

一九五六年一月三〇日、彼は中国人民政治協商委員会の委員（一九六四年まで）となり、大会に参加した。二月三日には毛沢東に面会した。当時、中国人にとって毛沢東は神に等しく、毛と面会できるのは限りなく光栄なことであった。また本人に対しては、最高の評価が与えられることでもあった。その日の晩餐会でサイチンガは毛沢東の前で「私は毛主席の手を握って」という詩をみずからモンゴル語で朗読した。この詩はその後、彼の友人が中国語に翻訳し、少数民族の詩集（中国語）に収められ、一九六〇年に出版されたが、その詩集のタイトルは『敬愛する毛澤東の手を握って』であった。

三月、サイチンガは中国作家協会の理事になり、中国語『詩刊』の創刊準備に携わると同時に内モンゴル文学の発展のためのさまざまな活動を行っていた。特に若い文学愛好者の養成と民間口承文芸の収集、整理、出版に努めた。八月にエルデニトクトフたちと共編した『諺』、九月に中編小説『春の太陽が北京に昇る』が出版された。同月、内モンゴル自治区作家協会準備委員会の委員となった。九月、中国共産党第八回全国代表大会の会議資料の翻訳に従事した。また中国作家協会内モンゴル分会設立準備委員会の構成員となり、分会の規定や業務などについて原案を作成し、十二月に開催された内モンゴル自治区文学芸術者連合会の会議で、中国作家協会内モンゴル分会が正式に発足し、サイチンガは主席に選ばれた。彼の中国語訳の詩集『幸福と友情』が中国作家出版社から出版され、同年『内モンゴル文学』編集長になった。

一九五七年早々、毛沢東が発動した「反右派闘争」は内モンゴルには「反民族右派闘争」として及んできた。この運動中に内モンゴルの民族意識の強い知識人が多く失脚していった。彼らは主に「漢民族が内モンゴルに急激に入植したこと、草原が大量に開墾されたこと、モンゴル民族の言語と文字の使用と教育が無視されたこと、自治権が徐々に奪われていること」などの現状を訴えていたのだが、そのため「民族右派」と断罪されてしまったのであった。

サイチンガは日本で書いた詩集『心の友』と日記体の散文集『沙原・我が故郷』『我がモンゴルに栄光あれ』などの作品が「毒草」と批判され、「民族右派」と見なす者もいたが、幸い事無きを得た。この運動でサイチンガは中国作家協会内モンゴル分会の副主席として、部下たちを守り、民族右派を批判する文章を数編書いたこともあった。この年、モンゴル人民共和国から彼の詩集『私達の雄壮な呼び』が国家出版社から出版された。

同年六月、中国文化芸術代表団の一員としてネパール王国を訪問し、「タージ・マハル」「趣のある公演」などの詩を書いた。その冬、若い作家たちの短期研修会を組織し、文学についてみずから講師を務めた。このような短期研修会は文化大革命までに四回開催され、講師としてサイチンガのほか小説家A・オドセル、チムデドルジらが務めた。

一九五八年初め、彼は中国共産党の予備党員となった。六月、「田舎生活を体験する」という党の方針に従い、シリンゴル・アイマグ（盟）東ウジムチン・ホショーの草原へ赴いた。そこで牧民と寝食を共にし、共に働きながら文学活動を続けた。彼は厳寒の冬季に牧民たちが住むゲルの改善策として、ゲルの床を中国の「オンドル」式に改修させた。また薬を買ってきて牧民に飲ませたり、重病の牧民を背負い、何キロメートルも離れた病院に連れて行ったりした。また牧民たちの生活に娯楽をもたらそうと、牧民文芸隊を組織し、歌や踊りの公演を企画、実行した。こうした彼の働きぶりから牧民たちは「優秀な合作社員」として彼を選ぶほどであった。そのほか彼は遊牧民が日常によく使う言葉と表現を記録する一方、自分の作品を遊牧民に読み聞かせ、意見を聞き、彼らが理解しやすい言葉を使うようにしていった。フフホトにいる時にも自分の新作を遊牧民出身の妻に読み聞かせ、意見を求めることがよくあった。サイチンガの作品が遊牧民にはわかりやすく、親近感があったのはそのためであった。

一九五八年十月、当時のソ連のタシケントで開催されたアジア・アフリカ作家会議に中国代表団の一員として参加したサイチンガは、この会議で主に日本とモンゴル人民共和国の作家たちと交流していた。彼の十月八日の日記には「今日、日本の代表団が来ました。その中に古い知人depküdaも来ました。会いました」と記されているが、その「古い知人」の名前を敢えてわかりにくく書いている。日本からは伊藤整、野間宏、加藤周一、遠藤周作らが参加していた。また十月十一日の日記には「私は日本の代表たちと会って、お土産を渡した」とある。[112] その会議の合間を縫って、モンゴル人民共和国のTs・ダムディンスレン、ガエトブ、カルムイクのススヤフ、ブリヤードのナムスレとチムデ、内モンゴルのマルチンフとサイチンガの三カ国に住むモンゴル人代表が一緒に食事会を持ち、記念写真を撮っていた。ところが文化大革命では「三蒙統一」活動を謀っていた「罪状」とされたのであった。

この会議でアジア・アフリカ作家常設事務局の中国連絡委員会の委員となり、「タシケントの叫び」などの詩も書いた。

十一月、当時、中国文学の代表作とされていた趙樹理の『李有才板話』をモンゴル語に翻訳し、出版した。

一九五九年二月、サイチンガの手によって古典英雄叙事詩『ゲセル』の第四章の現代モンゴル語版が『アロロ・ゴワ』というタイトルで出版された。

六月、サイチンガはショロンフフ（グルフフ）・ホショー（正藍旗）にある沙原の故郷に戻り、「田舎の生活体験」を続けていた。彼は自分の給料で本を大量に購入して、田舎の小学校に図書室を作ったことでもわかるように、若い牧民たちの教育に関心を持っていた。暇があれば若い牧民たちと一緒に歌い、彼らが競馬やモンゴル相撲をしているのを眺めたりした。そして常に「酒の飲み過ぎはいけない。喧嘩はしない。悪いことをしない」と諭していた。

同年八月、彼の新しい詩集『金色の橋』が出版された。彼は故郷で正式な中国共産党員になる手続きをしていた[113]。中華人民共和国成立一〇周年を迎えるにあたり、『喜びの歌』という一二〇〇行の長編詩を書き上げ、サイチンガがNa・サインチョクトの名で書いた社会主義時代のもう一つの代表作となっている。社会主義時代に流行った「階段形式」で書かれたこの長編詩は、次のようなものである。

誰にも
　劣ることなく造り出した
　　成果を祝う時
大草原の
　草花が
　　揺れ動くほどに歌う。
未曽有なる
　新生活を
　　讃える時

声麗しき
ウグイスが
嫉妬するほどに歌う。

この詩は内モンゴルの過去と現在の変化が描かれている。清王朝以来、中国の各省に分離されてきた内モンゴルの各ホショー（旗）、アイマグ（盟）がようやく内モンゴル自治区として統一され、まがりなりにも民族自治も実現された。一九四七年から一九五九年までの十二年間に内モンゴルの経済、文化、教育、衛生事業などは驚くほど発展し、内モンゴルではどこでも喜びの声で満ちていたのである。その雰囲気を表現したのが、この『喜びの歌』にほかならなかった。この長編詩は同年の九月、月刊『ウニル・チチグ』誌に掲載され、翌年六月に単行本として出版された。

サイチンガは愛する故郷にちなんだ「ザガステイ湖」「ホント谷地の三人の娘」「ハンドマ母」などの詩も書き綴って発表し、これらの詩を『ショロンフフ賛歌』という詩集にまとめ、一九六二年六月に出版した。これが彼の生存中に出版された最後の詩集となった。

一九六〇年の春、サイチンガは故郷からフフホトに戻った。そして内モンゴル第二回文学芸術者代表大会に出席し、内モンゴル自治区文学芸術者連合会の副主席に選ばれた。同年十月、内モンゴル大学の文学研究班に入って学習を始めた。この研究班は内モンゴル自治区政府の指示により設けられ、自治区政府によって指名された内モンゴルの有名な詩人、作家、文学評論家も参加した。参加者は五年間、本来の仕事に従事しながら教室で理論学習を積み、地方での生活を体験し、文学創作をしていた。サイチンガも当時のジョーオダ・アイマグ（昭烏達盟）、ボグット市（包頭）、イヘジョー・アイマグ（伊克昭盟）などの地方へ行き、「ジョーオダ旅の詩」「新しいボグットの賛歌」「シュリン・ジョーの影とガンデルインシリン・ナーダム」などの数多くの詩を書いた。

一九六〇年、サイチンガは中国作家協会の理事、中国作家協会内モンゴル分会主席、内モンゴル自治区文学芸術者連合会の副主席、アジア・アフリカ作家常設事務局中国連絡委員会委員、全国政治協商会議委員、内モンゴル人民代表大会代表、『詩刊』誌の編集員などの要職に就いていた。

サイチンガは一九六四年の「文学芸術界整風運動」が起きるまでに、詩を除いても散文、評論、漫才、歌詞、新聞記事などを書いていて、その量は数多かった。また首府フフホトと地方で主催された文学者短期研修班の講師をたびたび務めていた。

一九六四年、「文学芸術界整風運動」が起こると、ちょうどソ連と中国の関係が次第に悪化していった時期と重なり、モンゴル人民共和国との関係も悪化していった。そしてサイチンガはモンゴル国に留学していた経歴が疑われて、彼への批判がくすぶり始め、北京に入ることも許されなくなっていった。

一九六五年一月になると内モンゴルの「文学芸術界整風運動」はさらに激しさを増し、サイチンガへの批判も強まり、創作活動も続けられなくなっていった。

同年十月、内モンゴル大学での文学研究班の学習は終了したが、内モンゴル大学に保管されている一部の資料によれば、参加者一〇人中、サイチンガを含む六名が未修了であったことが確認できる。(114) だがその理由は不明である。同じく十月、地方のイヘジョー・アイマグ(盟)に行く指示が出て、そこで「四清」運動に参加させられた。サイチンガはオトグ旗とウーシン旗で現地の遊牧民と一緒に労働しながら、数編の詩と漫才を書いた。

一九六六年一月、『ウニル・チチグ』(花の原野)に掲載された詩「共産主義戦士王傑」はサイチンガが発表した最後の作品となった。

一九六六年八月、内モンゴル自治区共産党委員会の「牧畜地区社会主義教育事務室」からサイチンガたちをフフホトに呼び戻し、元の勤務先で「無産階級文化大革命」に参加するようにとの指示が来た。サイチンガが元の勤務先である内モンゴル作家協会に戻ってみると、同僚の親友たちがすでに拘束されていた。サイチンガは間もなく自分の番だと感じつつ、とりあえず勤務先から帰省の許可を得て、妻と養子を迎えるため、故郷に戻った。サイチンガは八月二十四日の日記に「今日、沙原の我が故郷に帰ってきて、気持ちは本当に爽快だ」と記している。この帰省が彼にとって最後の帰省となった。

（3） サイチンガ批判の実態

一九六六年五月四日から二十六日まで、中国共産党中央委員会政治局は北京で会議を開き、毛沢東の意見により《中共中央通知》（即ち《五・一六通知》）を決議した。それが文化大革命の始まりであった。ほぼ同時期の五月二十一日から七月二十五日まで中国共産党華北局[115]が北京の前門飯店で会議を開いた。その結果、中央と内モンゴル自治区の要職[116]にあった、実質上、内モンゴルのトップの地位に就いていたウラーンフを「反党反社会主義、反毛沢東思想、民族分裂者」などの「罪状」で失脚させ、批判運動に引き出した。これによって内モンゴルでの文化大革命が始まったと言える。この政治運動では「ウラーンフ反党叛国集団」、「新内モンゴル人民革命党」などのさまざまな架空の「罪状」により、数十万人が被害を受け、数万人（多くがモンゴル人）が命を失った[117]。サイチンガもその一人であった。

サイチンガは一九六六年九月、故郷からフフホトに戻って来ると「蒙修特務」、即ちモンゴル人民共和国のスパイと断定され、監視されるようになった。一九六七年一月、サイチンガは拘束され、強制重労働につかされ、いわゆる「労働改造」を受けた。彼は連日、休みなく文学芸術者連合会の建物の掃除をしたり、大八車で石炭を運んだり、ボイラー室で石炭をくべたりしていた。四月からは自由になったとはいえ、美術館の修繕、ダムの修繕、文化庁の倉庫清掃などの重労働につかされた。

一九六七年十一月十五日、当時の造反派によって作られた『文芸戦報』編集部が『呼三司』誌で、「内モンゴル文芸の黒線を徹底的に潰す――Na・サインチョクトを民衆に暴く」[118]というタイトルの批判文を掲載した。

この批判文は「ウラーンフ反党集団に「内モンゴルの民族詩人の長老である」と称賛されたNa・サインチョクトという奴は何ぞや！」と書き出され、サイチンガの生涯を六つに分け、六つの「罪名」をつけていた。この批判文は次のような内容であった。

その①　日本留学時代「日寇の文化奴隷」

「一九三七年、Na・サインチョクト（サイチンガ）は、自身の沸き出すほどの民族熱と「素晴らしいモンゴル語の言語力」がチャハルの封建的な王公たちに見い出され、日本留学に送り出された。その時から彼の親日反漢、祖国を裏切る反動的な生涯は始まった」と、彼の日本留学がそのまま「罪」とされ、彼の生涯は完全否定された。

日本留学中に書いた詩集『心の友』と日記体散文集『沙原・我が故郷』を、「極めて反動的な作品」であり、「日本帝国主義の文化と衛生を謳歌し、中国人民を殺害していた日本ファシズムの軍隊を称賛した。日本の鬼ども（中国語「日本鬼子」）の武士道精神のシンボルである富士山を賛美し、徳王と日本の悪魔どもが提唱する「大モンゴル主義」に賛同し、「チンギス・ハーンから受け継いだ血が沸いている」と書いた。日本帝国主義と封建的王公たちが支配するチャハル草原を幸福の郷と謳い、極楽世界のように美化した。モンゴル労働人民を「貧困・汚い」「愚昧無知」と侮辱した。最大の悪毒は民族関係（漢民族とモンゴル民族の関係）を離間した」「証拠」として批判した。

なお「Na・サインチョクトはすぐさま日本の悪魔どもに重用された。一九四一年に彼は日本の陸軍に呼ばれ、直接的に反ソ、反共、中国侵略、モンゴル人民共和国を「滅ぼす」

ための反革命宣伝活動に参加した。反革命の宣伝工作をするために、東京帝国大学の服部(服部四郎)教授の通訳となり、陸軍の宣伝誌『フロント』をモンゴル語に訳すことを手伝い、日本軍国主義の反ソ連、反共、中国への侵略、「呑蒙」(モンゴル人民共和国を呑み込む)のため、反革命宣伝活動に参加し、天下無敵な皇軍を狂気じみて鼓吹し、アジアはアジア人のアジアである等、一連の植民地観念を宣伝した」と、当時の中国では「死刑」に当たるほどの重い「罪」をつけ加えた。

サイチンガが日本の言語学者服部四郎教授のもとで『フロント』を翻訳したことは、批判文の通りで事実ではあるが、その翻訳に参加した理由と経緯に関しては、批判文とは違っていた。サイチンガは、「極めて反動的な作品」を書いたことにより、陸軍に認められ、『フロント』を翻訳したと決めつけられているが、実際は服部教授の依頼により、善隣学寮の寮長の推薦で翻訳に関わるようになった。当初、服部教授は「モンゴル語に優れた者」を推薦するよう依頼したため、寮長がサイチンガを推薦したわけであり、陸軍とはまったく関係なかった。

その② 徳王政権時代「大蒙奸徳王の名誉メイリン」

徳王政権時代、サイチンガが日本人顧問にモンゴル語を教えたことが指摘され、徳王の「文化教育によりモンゴルを復興する」という思想をしゃにむに宣伝したと批判された。

その証拠として彼が書いた『家庭興隆の書』を取り上げ、「封建制度を宣伝し、植民地奴隷化教育を推進するための教科書」と断罪した。また「奴隷世界観と反逆者の哲学により成り立った反動的な言論集に「モンゴルの復興の時が到来した」、「モンゴルの青年女子学生は新しいモンゴル婦女になる」と熱狂的に宣伝した。実際、彼の「復興」とは「日蒙親善」、「大東亜共栄圏」を指し、彼の強調する「新婦女」とは、封建社会の夫権と日本植民地主義との混合型の婦女である」と批判した。

さらにサイチンガが西ソニト・ホショーの「家政女子実践学校」で、封建主義、帝国主義、植民地主義の「三つを混合した」教育を行ったと批判した。

『我がモンゴルに栄光あれ』も徳王の「モンゴル民族の復興」という破れた旗の下で、売国愚民政策を鼓吹するために書いたものであると批判され、『心の光』も資本主義学者たちのいわゆる名言集であり、超反動的な大雑把なものだと否定された。

サイチンガの貢献と業績が徳王に認められ、「名誉メイリン」の称号を授与され、個人秘書となったことも封建王公の手先だった証拠だと罵倒された。

以上の「証拠」により、サイチンガは「帝国主義と封建上層階級の文化的スパイであり、宣伝道具である」と断罪されたのであった。

また一九六二年、サイチンガは第二次世界大戦終戦までに書いた自分の作品から選び、『ムチヤス』という文集を編集したことも、「ウラーンフの封建主義と資本主義を復活させるために一肌脱いだ」と批判された。一九五八年からサイチンガの前期作品（即ち終戦までの作品）も完全否定されるようになっていたが、そのような状況下でサイチンガがこの『ムチヤス』を編集した目的は、おそらく自分の作品を守ろうとしたからだったのではないだろうか。

その③　モンゴル人民共和国に留学した時期「祖国を裏切った政治論客」

「一九四五年七月、Na・サインチョクトは、古参の民族分裂主義者のブリンサイン（一九六七年十一月時点ですでに逮捕されていた）と日本のスパイであるデレゲルチョクト、ゴンブジャブ（徳王の秘書でアメリカに逃亡）ら二〇数名の命知らずの連中とともに、スニト右旗（西スニト）で秘密集会を開いた。彼らは「希望は外モンゴルにあり、内外モンゴルの統一合併のために戦う」と謀議し、モンゴル軍を迎える準備をしていた。（中略）Na・サインチョクトはその後、実際にチャハル盟まで行き、モンゴル軍を出迎え、祖国の裏切り者となった。（中略）そして、『私たちは救われた』という詩を書いてモンゴル軍を褒め称えた。彼はこのようにして抗日戦争の勝利権をモンゴル軍に帰したのである。（中略）九月末、モンゴル軍が撤退することになると、彼は「内外モンゴル合併」の幻想が破れたので、ラハムジャブを頼って、留学すると偽り、ウランバートルに逃げ、完全に人民の裏切り者となった」と批判した。

終戦によって、内モンゴルにいち早くソ連軍とモンゴル軍が入ってきたことは事実である。その際、サイチンガだけではなく、ほとんどの内モンゴル人が外モンゴル（当時のモンゴル人民共和国）と統一することを望んでいた。「祖国の裏切り者となった」という批判は事実に合わない。

その④　モンゴル人民共和国に留学した時期　「モンゴル修正主義の情報員」

サイチンガがモンゴル人民共和国への留学中に書いたすべての作品が「国を裏切った」と位置づけられた。モンゴル人民共和国に留学した時期に書いた「ウランバートル」という詩の中から一部が取り上げられ、その中の「内外のモンゴル」「人民の都」「愛する祖国」などの言葉はサイチンガが祖国を裏切り、「一つのモンゴル」「一つの都」思想を鼓吹した「罪証」とされた。

その⑤　内モンゴル自治区での活動(a)　「民族分裂の急先鋒」

「民族分裂主義の「毒草」を植えるために、モンゴル修正主義の作品を編訳して出版した」と批判された。確かに、サイチンガは内モンゴル日報社と内モンゴル人民出版社に勤務していたとき、モンゴル人民共和国の文学、言語学、政治に関する書物を編集し、出版した。それはサイチンガが「内モンゴルの新文化発展のためには、モンゴル人民共和国の革命文化から学ばなければならない」と理解したからで、当時の一般的な受けとめ方であった。

「ウランバートル」という詩は内モンゴルで出版されたいくつかの文学作品選集に四回（中国語訳を含む）も選ばれていたにも関わらず、民族分裂活動の「証拠」と批判されたのである。

サイチンガがモンゴル人民共和国の作家D・ナツァッグドルジの作品報告会とTs・ダムディンスレンの生誕記念パーティーを開催したこと、同じく同国の文学者バストやラムスレンたちとの通信も「民族分裂」活動と断罪された。

サイチンガは「その黒い手を言語学界にも伸ばし、モンゴル修正主義を崇拝し、中国語からの外来語借用に反対した。たとえば内モンゴルでは、「祖国」を意味する言葉をモンゴル国から借用し、「eke orun」（「故国」あるいは「故郷」）としていた。しかし一九六三年、中国がソ連とモンゴル人民共和国の修正主義との闘いを始めたことで、内モンゴルで「eke orun」を「eke ulus」（祖国）に変えたことに関し、サイチンガは「一つの用語を変えても人間の思想を変えさせるのは困難」と主張し、阻止しようとした」と批判された。

自治区成立以降、内モンゴル自治区の最高権力者ウラーンフは、モンゴル人民共和国で使用している近代専門用語を借用するように指示していた。ウラーンフの失脚により、内モンゴルでは、近代専門用語だけでなく、日常用語まで中国語から借用するようになった。結局、現在では「eke ulus」が定着することになった。

また国内の「悪名高い民族分裂主義者であるブリンサイン、ハージャブ、エルデニトクトフと民族分裂を共謀した」と友人関係さえも政治的に歪曲され、批判された。

その⑥　内モンゴル自治区での活動(b)　「修正主義のイエスマン」

一九五八年、「ソ連に行き、タシケント会議に参加し、修正主義を宣伝した詩「タシケントの叫び」を書いた。悪毒の最たるものは一九六三年、我が党のソ連修正主義との闘争が公開され、『七評』が発表されていたにもかかわらず、サイチンガは共産党中央委員会の通知を無視し、その詩を自分の漢訳詩集『赤い滝』に掲載し、毛沢東の革命路線に公然と挑んだ」と批判された。

毛沢東の詩を翻訳し、掲載したことさえ問題となり、「容赦しない罪」に問われた。特に毛沢東の『延安文芸座談会における講話』を「かなり以前の上海の知識人に話したもので、われわれ遊牧地域の知識人は彼らとかなり違う」としたことから、偉大な毛沢東の著作に異議を唱えたと批判された。

このような「罪証」から、結論としてサイチンガは「反革命分子、祖国の裏切り者、投降者、民族分裂分子」とされたのであった。

サイチンガの生涯が作品とともにすべて否定され、しかも意図的に事実が歪曲され、その責任が追及され、「罪」が問われた。こうした批判文はサイチンガの創作人生に「死刑」を宣告したも同然となった。

文化大革命が激しくなるにつれ、サイチンガの「罪証」と「罪名」も増え、「罪」はますます重くなっていった。さらに内モンゴル自治区にとどまらず、サイチンガ批判は全国に広がった。サイチンガのような複雑な歴史情勢に翻弄され、いくつかの政権の下で要職を務めた人物は、内モンゴル自治区に限らず、中国全体から見でも稀有な存在であった。

一九六七年十一月二十七日の『内モンゴル日報』に「反革命、修正主義、民族分裂主義の文化芸術黒線を徹底的に打ち潰そう」という文章が掲載され、サイチンガは全自治区で批判されるようになった。一九六八年九月、中国作家協会が編集した『送瘟神――全国文芸界一一一人のブラックリスト』（内部資料）にはサイチンガの名前もあり、多くの「罪状」を詳述して批判し、「変節した売国奴であり、民族分裂主義者・大蒙奸・党内に紛れ込んだ階級異分子」と結論づけられていた。

一九六七年十二月に『大批判』誌は、内モンゴルのモンゴル人作家たちの作品を「毒草」と断罪し、その「毒」を解説づきで発表した。二二冊の「毒草」とされた作品の中には、サイチンガの「ウランバートル」（民族分裂を扇動、内外モンゴルの合併を鼓吹）、「タシケントの叫び」（ソ連修正主義の三和三無の修正主義路線を鼓吹し美化）、「富士山」（日本帝国主義を称賛）、「ザンバーに押さえられた若草」（典型的な蒙奸文学作品）、「光の源」（典型的な蒙奸文学作品）、「沙原・我が故郷」（日本帝国がつくりあげた偽蒙疆王朝を無恥に称賛）などがあった。

(4)「私はいつも本当の話をしてきた!」

一九六八年七月、内モンゴルでの文化大革命の波が一層激しくなるにつれ、サイチンガの「罪状」もさらに増え、重くなる一方であった。サイチンガは内モンゴル医学院の学生寮を簡易拘束所に改造した独房に拘禁された。当時、「罪人」が増えすぎてフフホト市の刑務所だけでは収容できず、窓を板や鉄棒で封じ、マイナス二〇度以下の冬に暖房もろくに供給されない、底冷えのする各大学の学生寮が牢屋と化し、教室は酷刑の場所となった。そのとき大学生だったサイチンガの息子も「造反派」にひどく殴られ、意識を失いフフホト市の郊外の溝の泥水の中に捨てられたが、近所の農民に救われた。政治的な重圧からサイチンガの一人の息子と養女はサイチンガとの親子の縁を切るほどであった。しかしサイチンガはどんなに暴力的に「審査」されても、常に「私はいつも本当の話をしてきた」と言い続けた。

一九六九年四月、サイチンガは内モンゴル農牧学院(現内モンゴル農業大学)に移され、引き続き拘束されていた。五月二十二日、中央政府の「五・二二指示」により、サイチンガは釈放されたが、労働改造は続けられた。彼は「拘束」から解放された後、「モリン・チャガン丘」という詩を書き始め、三年かけて一九七二年五月二十三日に完成させた。モリン・チャガン丘はサイチンガの故郷の高い沙丘である。

一九七〇年七月、北京軍区のバヤンホァー・内モンゴル建設兵団に送られ、軍事管理の下でさらに重い農業労働につかされた。そこでの劣悪な環境が弱っていたサイチンガの体を蝕み、体調が著しく悪化し、特に胃痛が酷かった。そのため三日間の休みが許され、フフホトに戻って治療を受けたこともあった（サイチンガの日記より）。

一九七一年七月、フフホトにようやく戻ってきたときには彼の胃病はさらに悪化していた。内モンゴル病院で治療したが効果がなかった。サイチンガは「故郷に帰って、牧民の子供に学問を教える教師になる(119)」と決意し、唯一の財産である書物を箱に入れ、沙原の故郷に帰る準備をした。しかしサイチンガは文学芸術連合会に「故郷に帰って、チゲー（馬乳酒）で治療したい」と申請したが許可されなかったばかりか、住んでいた社宅から追い出され、古く、狭いアパートで家族（夫人と養子）と暮らすしかなかった。

一九七二年になると、サイチンガとともに被害に遭った人々がつぎつぎと旧職に戻るようになった。しかしサイチンガはまだ「審査中」で、元の職場で半日学習、半日労働が課されていた。

　サイチンガは内モンゴル自治区共産党委員会と文学芸術者連合会が組織した「伝達会」「講習会」「学習体験報告会」「討論会」「批判大会」と「公開審判大会」に参加させられ、集団で学習させられ、学習内容に合わせて関連する書物も読まされていた。たとえば「中国共産党中央委員会文件」の学習では「二紙一誌」（二紙は『人民日報』と『解放軍報』であり、一誌は『紅旗』である）の「社論」を、毛沢東の『在延安文藝座談会上的講話』（「延安の文化芸術座談会での講話」）を学習した際には『毛沢東選集』（第一～四巻）を、『共産党宣言』と『歌達綱領批判』などの学習では、『マルクス・エンゲルスの選集』（一～四）を参考にしながら読んだ。サイチンガはこれらの著作の歴史的背景を理解するために、「世界通史」と「中国通史」も計画的に読んでいた。マルクスや毛沢東の著作のモンゴル語訳を中国語訳と対照しながら読み、時には英語訳と日本語訳を参考にしていたようである。

　当時、サイチンガはまだ完全に復職できず、平日は学習活動以外に肉体労働にも従事させられていた。時には土、日さえ働かされ、中国とソ連が対立し、特に林彪事件後は一時、非常事態となり全国的に戦争に備えていた。サイチンガの主な作業は防空壕掘りで、大八車で砂や石、レンガを運んだりする重労働にもつかされた。また必要に応じ、倉庫の整理と清掃、勤務先に食糧品と石炭を運ぶことなどもさせられた。

彼は一九七一年七月、建設兵団からフフホトに戻った後も、体調は改善しないまま一九七二年十月二十三日、勤務先の同僚と一緒に大八車でジャガイモ運搬中にさらに体調を崩し、労働できる体力を完全に失ってしまった。その後、肉体労働からは解かれたが学習会参加や反省文執筆は続いた。

また「外調」（外部調査）という関連機関と地域からの依頼で証明文を書いていた。当時、中国の行政機関に勤務する者が自分の経歴を書く際、各事項には必ず確認できる証人の名前を書き入れなければならなかった。一九七二年七月十八日の日記に「先日、専門案件組に私の問題を承認できる二一名の名前を挙げた。今日「まだ不足。もっと書け」と言われたため、四七名の名前を書き足した」と記していた。これは元日本留学生の組織「留日蒙古同郷会」とそのメンバーに関して調査が入り、サイチンガがその対応に追われていたからであった。

サイチンガは政治的圧力、精神的ストレス、肉体的疲労と重い病気が重なっていたにもかかわらず、英語を再度、学び始め、自分の作品を整理し、中国古典文学作品を翻訳したりしていた。さらに哲学、歴史、文学に関する著作も読み漁り、十数冊の読書ノートを書き残した。「機会と時間があれば、『見たことと通ったこと』という回想録を書こうと思う」（一九七二年の日記）と日記に綴ったが、実現させることはできなかった。

彼は作品として詩「我が勇ましい旗手よ――魯迅著作学習メモ」と「その類の陰謀者に警戒しよう――『フランスの内戦』学習メモ」を書いた。この二つの詩について、内モンゴル出身の研究者チョルモンは、「文化大革命の中で破滅的な打撃を受けていた内モンゴル詩壇にとって、モンゴル詩の再興の象徴となる種をサイチンガは最後に埋めておいた」[120]と高く評価している。「我が勇ましい旗手よ――魯迅著作学習メモ」は以下の通りである。

「我が勇ましい旗手よ――魯迅著作学習メモ」

眉をひそめて脅威者に
　冷淡に対し
首を伸ばして大衆に
　牛のように忠を尽くし
危害なる敵の槍の森を

真正面から攻撃した
強大な革命の旗手あなたの
気高き文章を読んだ。

凶暴な敵の汚い弾丸に
清潔な血が流れ
陰気な牢獄の冷たい床に
情熱の命が犠牲になる時
静かな辺土から
霹靂が聞こえてくることを
真心に予言して闘った
固い信念の我が革命家よ！

詐欺師の黒き心を
見抜く眼で

口に脂、掌に血の
　裏切り者を識別し
胸を突く鋼鉄の筆で
　怒りの詩句を書き
聖なる革命に力を奉げた
　我が勇敢な戦士よ！
（中略）
人の世に命を授けた
　宝のこの隙間に
大衆のために生涯を奉げる
　高貴なる宿命に
眉をしかめて権威者に向き
　冷淡に対面し
頭を下げて民衆に対して
　牛のように尽くすのは幸福だ！

（チョルモン訳）

サイチンガは自分の学生であり、親友でもあるチンダムニに「私は六〇歳（モンゴルの習慣では数え年を使う）まで嘘をついたことは一度もない人間なのだ。これから六〇年間生きるわけでもないし、死に近づいているから嘘をつく理由はない。その結果、全身にこのようにたくさんの後遺症が残った。昼夜を問わず、殴られ、苦しめられたばかりではなく、犬や豚のようにトウモロコシの粉で作った冷たいものしか与えられない。私の胃腸はもともと良くなかった。それで胃腸が完全にダメになった。」「この何年間、何一つすることができずに過ごしてしまった。これこそ私にとって何よりの大災難、これ以上の大病はない(121)」と当時の心境を切実に語っていた。

一九七三年二月十七日、同じように迫害を受けて旧職に戻れた友人の手厚い援助によりサイチンガはようやく上海の病院で治療を受けることができた。当時、サイチンガは自分が胃癌であることも知らず、「上海で治療した後、故郷に帰らせてください。そこには私の親しい故郷の人びと、沙原、河流や湖があり、いつも私を感動させていた詩情がある(122)」と作家協会の責任者に真摯に依頼していた。

上海の中山病院で手術したが、すでに胃癌の末期であった。サイチンガを見舞いに来たA・オドセル氏は、彼を慰めるためにわざわざ「党の組織会議に参加する資格はすでに回復された」と伝えた。それを聞いたサイチンガは「これが私の待っていた嬉しい知らせだ。党は私を捨てないとずっと前から確信していた」と非常に喜んだという。当時の政治的な雰囲気の中で純朴、素直なサイチンガは毛沢東と共産党が誤りを犯すわけがないと思っていたのかもしれない。しかし一方で、このような公的な形で残された会話がサイチンガの真実の思いであったのか、明確に結論づけることはできないのかもしれない。

一九七三年五月十三日、サイチンガは沙原の故郷に帰ることもできないまま、上海の中山病院でこの世を去った。享年五十九歳であった。

第Ⅱ部　文学テクストのオリジナリティ喪失と変容

――サイチンガの『沙原・我が故郷』について

『沙原・我が故郷』はサイチンガの代表的な作品である。日本の東洋大学で学んでいたサイチンガは、一九四〇年七月十一日に東京を出発し、朝鮮半島と満州国および北京、最後に徳王政権の首都であるハーラガン（張家口）を経由し、沙原の故郷のザガスタイに帰省した。約一カ月の故郷滞在後、九月二日に東京に戻った。その五四日間の旅行記をまとめたのが『沙原・我が故郷』であり、一九四一年に徳王政権の主席府出版社より出版された。

『沙原・我が故郷』

サイチンガは旅での見聞と体験、そして自分の思いを「恥ずかしがらず、隠さずに」[1]「当時の社会生活の真実をそのまま書いた」[2]ため、『沙原・我が故郷』は「近代モンゴル民族誌」[3]とも高く評価されている。

ここでは、刊行されている『沙原・我が故郷』の三つのテクストを比較し、それぞれの校訂・編集方針の相違を浮上させ、テクスト本来の姿を復元して、テクストの相違を生み出した背景及びその理由について探ることにする。こうした作業がサイチンガとサイチンガ文学を正確に把握することに寄与できればと考えている。また原本の姿を復元することで、サイチンガが生きた時代の内モンゴルの社会と文化をありのままに理解することにも繋がり、とりわけモンゴル文化の未来を考える場合、テクストの本来の姿を復元することは、極めて重要だと考えている。

1　三つの『沙原・我が故郷』

テクストA

一九四一年十一月に徳王政権の主席府出版社より出版されたテクストを便宜的にテクストAと呼ぶ。

発行部数は明記されていない。一九九九年に北京図書館出版社より刊行された『中国モンゴル古書総目録』には、このテクストに関する記載がなかったことから、おそらく中国の他の図書館や文書館には保管されていないのであろう。

筆者の調査では、サイチンガ自身が保持していた一部は、内モンゴルの歴史研究者であり、サイチンガの知人だった故サイシャル氏のフフホト市内の「エスヒイ・ゲル書斎」に保管されている。表紙が失われ、最初と最後の数ページが破れ、サイチンガが自筆で訂正した箇所がある。そのほかには、アメリカのインディアナ大学中央アジア研究院の図書館と日本の島根県立大学の「服部四郎ウラル・アルタイ文庫」に各一部が保管され、保存情況は良好である。

この本を出版する目的について、サイチンガは「私はモンゴルの若輩であり、しかも学識も浅い。それでも母なるモンゴルの同胞を愛していることを確信している。そのため自分の考えたことを聞いて頂きたい(4)」と語り、「民族の直面している危機、未来への希望を常に忘れずに考え続ける(5)」とモンゴルの読者に訴え、理解を求めている。さらにサイチンガは「旅の途中、毎日絶えずすべての嬉しいことや悲しいことを記録し、……本心を恥ずかしがらず、隠さずに綴った(6)」と説明している。

表紙の裏に、「作者　サイチンガ。出版社　主席府出版社。聖チンギス・ハーン暦七三六年十一月一日印刷」とモンゴル語で記されている。

テクストB

一九八七年六月、内モンゴル人民出版社から刊行された『サイチンガ』という作品集に収録されているものをテクストBと呼ぶ。編集者はS・サンボー氏とフチン氏で、一四七〇部印刷された。この作品集によりサイチンガの前期作品（一九四五年の終戦前の作品）[7]が広く知られ、再認識されるようになった。

編者は「あとがき」で「近代内モンゴルの傑出した最初の作家で（中略）暗闇の中で希望を求め、新しいものが古いものを乗り越えることを信じ、未来に自信を持っていた資産階級の進歩的な知識人である[8]」とサイチンガを評価している。

サイチンガの作品については、「封建社会の圧迫をある程度暴露し、人民や民族の哀しみに同情し、故郷のモンゴルを愛し、民族の未来への思いが反映されている。またモンゴルの過去の栄光を誇り、貧弱化した現状を嫌悪し、民族の将来を深く危惧していた」と肯定的に評価している部分がある。その一方で「日本帝国主義の奴隷化教育の影響を受けたことと、彼の生活体験や世界観の限界により、当時の主要な矛盾である日本帝国主義の侵略を暴露し、批判しなかった。かわりに資本主義国の『文明』を賛美したことが多少ある。また当時の問題解決を統治者階級に依存し、彼らの指導のもとで民族を繁栄させることを望んでいた思想も見られる[9]」と批判している。

編集に関しては「主席府出版社から出版した原作の内容、文章表現には一切修正をおこなわず、そのまま生かした。ただし、文章の中の方言と外来語に多少の注釈を入れた。(中略)原作と写本には若干破損と誤字があったため、出版する際、脱字と誤字を訂正した[10]」と説明している。そしてこのテクストBの出版の意味については「我が国や民族の文化遺産の復興と収集に幸運をもたらすものになった[11]」と自画自賛している。

しかしこのテクストでは、後述のように一部欠落したり、破損したテクストAに基づいていたことと編集者の不誠実な校訂により、遺漏及び修正のミスが少なくない。

テクストC

一九九九年八月、内モンゴル人民出版社から出版された『Na・サインチョクト全集』(以下『全集』と簡略する)の第五巻に『沙原・我が故郷』が収録されていて、これをテクストCと呼ぶ。編集に際し、利用した原本についての説明はないが、テクストBを利用したことは疑いがない。

『全集』の編集出版事業は、内モンゴル自治区共産党委員会、自治区人民政府より精神面、財政面の関心と支援を受け、顧問組、編集委員会、編集事務グループなどが組織され、出版費用まで援助されたと「あとがき[12]」に記載されている。

サイチンガを「二〇世紀中国モンゴル民族の大文豪、近代と現代のモンゴル文学の創始者、著名な詩人[13]」と高く評価し、彼を敬愛した編集者たちは「熱い心、真剣な態度で思想を統一し、力を合わせて[14]」編集作業を行ったと明記している。全八巻で構成される『全集』は「モンゴル文化出版の巨大な記念碑[15]」であり、中華人民共和国建国五〇周年に捧げられたもので、その記念事業[16]の一環となっていた。

編集者たちは「原著を基にして[17]」編集し、また「初版を探し出して校訂し、間違った部分を削除した[18]」と説明している。

『全集』に収録されているテクストCで「原本」と言っているのは、残念ながら、最初に出版された「原著」、即ちテクストAではなく、テクストBを指していることはすでに述べた通りである。

次章で詳述するが、テクストCはテクストBを利用する際、さらに削除と改竄をあまりにも行った結果、原作者の思想と文章表現が大きく変容してしまったのは事実である。特に研究者にとっては文献資料としての信頼性とその価値がほぼ失われたと言えるだろう。

2　テクストの比較

一九九九年出版のテクストCを一九四一年に出版された原著のテクストAと比較し、内容を「削除」「加筆」「語順換え」「改竄」「その他」に分けて、その変容の実態を示してみよう。

例文につけたローマ字と数字はテクストとそのページを示す。例えば、(Ap80,Cp73)はテクストAの八〇ページ、テクストCの七三ページを示す。テクストCは基本的には『全集』第五巻に収録されているが、同じく第五巻に収めるべきと思われる「まえがき」と「太平洋の海岸にて」という詩だけは、それぞれ第六巻と第一巻に収録されている。

(1)　削除

テクストCの削除には、編集者の校正ミスによる遺漏と意図的に削除した箇所が含まれている。

(1) 削除された文字

一九六の単語、一三七の格助詞、一二の句読点や括弧が削除された。その中の具体的な例は次の通りである。

①校正ミスによる遺漏文字

テクストBの遺漏部分をそのまま踏襲した箇所が多い。例示するに際し、テクストBの例文は省略。

例i

A　aliba jüil-ün surɣal-un üges-i sonusču

C　aliba jüil-ün üges-i sonusču

A　さまざまな教訓を聞き

C　さまざまな 話 を聞き

（Ap80. Cp73）

サイチンガが帰省した後、「家族会議」では彼が日本へ戻ることに全員が反対した。サイチンガはやむを得ず地元政府の長官を訪ね、事情を説明したところ、開明的な長官はサイチンガが引き続き日本で学ぶことを支持し、地元政府もサイチンガに毎年奨学金を支給することにした。その長官は更にサイチンガに勉学に励み、モンゴルの未来に貢献するように「さまざまな教え」を言い聞かせた。そのためサイチンガは「surɣal-un üges」という言葉を使ったと考えられる。テクストB、Cでは、「surɣal」を削除してしまったため、ただの「üges」、即ち「話」になって、長官から言われたということでの言葉の重さが失われてしまった。

例ii

A　iregsen ǰočin anu tomuɣatai kümün bolqu

C　iregsen ǰočin anu tomuɣatai　　　　bolqu

A　来た人は世間をよく知る年配の方である

C　来た人は落ち着くようになる

（Ap90. Cp82）

サイチンガはモンゴルの接客の習慣についての記述で、「来た人は世間をよく知る年配の方である、或いは親戚であれば、先ず家族全員が外で出迎える」と表現している。モンゴル語の「tomuɤatai」には「落ち着く」の意味があるが、tomuɤatai kümün は「世間をよく知る年配者、穏健な人、紳士」などの意味が含まれている。この「tomuɤatai」に直接「bolqu」を付けると、「落ち着くようになる」という意味になり、前後は噛み合わず意味不明な文になってしまう。

例iii

A　ǰarim kümün anu qoyar söni qoyar edür tasural ügei naɤadaqu
C　ǰarim kümün anu qoyar edür tasural ügei naɤadaqu
A　ある人は二昼夜絶えず遊ぶ
C　ある人は二日間絶えず遊ぶ

（Ap216. Cp208）

当時、モンゴル社会では麻雀で賭博する人が増え、社会問題になっていた。賭博場から離れられず丸々「二昼夜」、即ち、「qoyar söni qoyar edür」遊ぶ人もいた。

このように一文字の遺漏により、本来の意味が失われたり、あるいは変容し、意味不明になった箇所は、テクストCに数多くみられる。

②意図的に削除された文字

テクストCで意図的に削除した文字は、編集者の政治的な配慮によったと思われる。

例ⅰ

A　man-u yeke mongɣul-i　büü dorumjilaɣtun

C　man-u　mongɣul　kümün-i büü dorumjilaɣtun

A　我が　大　モンゴルを　侮辱してはいけない。

C　我が　モンゴル　人を　侮辱してはいけない。

（Ap40. Cp35）

文章中の「大モンゴル」という表現に対しては、「大」を削除し、「人」を入れ、民族を指している「モンゴル」を、ただ個人を指す「モンゴル人」にして、民族意識を喚起すると思われる表現を曖昧にしている。例 i のように、文章の中のすべての「大モンゴル」の「大」が削除され、編集者が新たに文字を入れて編集している。編集者は政治的な配慮から削除、改竄しており、原著の誠実な再生を意図していないことがわかる。編集者たちは彼らの思惑によって原著から遠ざかる異質な作品へと仕立てていることに気づいていないのだろうか。また「政治的な配慮」には彼らの立場の保全、さらには保身への配慮も含まれていたであろうことは想像に難くない。

例ii

A　mongɤul suruɤči anu mongɤul-un sin-e neyislel bolqu čiɤulaltu qaɤalɤ-a-ban

C　mongɤul suruɤči anu　　čiɤulaltu qaɤalɤ-a-ban

A　モンゴル人学生は、モンゴルの新しい都であるハーラガンを
C　モンゴル人学生は、ハーラガンを
（Ap31. Cp28）

モンゴル語の「neyislel」は国家の首都という意味である。徳王政権は一九三九年から一九四五年の終戦までハーラガン（張家口）を首都としていた。サイチンガは徳王政権の独立性を強調するために、敢えて「neyislel」（首都）という言葉を選んで使ったのであろう。

編集者たちはサイチンガのそうした思いを理解していたはずである。だからこそ故意に徳王政権の独立性を示そうとしたサイチンガの表現を消してしまったのである。こうして資料的価値が失われたことは言うまでもない。

(2)　削除された文

テクストCでは約五〇文の八一〇文字が削除されている。これには編集者の校正ミスに

よる遺漏と意図的に削除した内容が含まれている。
（紙数の制約により、ローマ字転写を省略。削除された文を傍線で示した）

①遺漏を見逃したと判断される文

テクストBの遺漏をそのまま踏襲したと思われる。

例ｉ

Ａ「我々人間は愛する人から離れて行けば行くほど、その愛が一層強くなっていくことと同様、自分の故郷から遠く行けば行くほど、より恋しくなるのだ。それで故郷から離れ、波が立つ海の島で三年過ごした私自身……」

Ｃ「我々人間は愛する人から離れて行けば行くほど、その愛が一層強くなって行くことと同様、自分の故郷から離れ、波が立つ海の島で三年過ごした私自身……」

（Ap1. Cp8）

例ｉは「前書き」に書かれている文であるが、遺漏により文意が通りにくくなってしまっている。

例ii

A 「父母と家族がいるモンゴルの青年たちは海外に出てはならないということになれば、沙原の故郷から離れ、学問を学びに行く青年はどこにいるのだろうか」

C 「父母と家族がいるモンゴルの青年たちはどこにいるのだろうか」

（Ap68. Cp61）

サイチンガが帰省した後、「家族会議」では彼が日本へ戻ることに全員が反対した。「父母と家族がいる」ということが、反対の主な理由となった。それに対してサイチンガが反論した言葉は例iiの通りである。遺漏により文意が通らなくなっている。

例iii

A 片手でお茶を入れた茶碗を持ち、片手で帽子を取り膝のうえに置き、

C　片手で　　　　　　　　帽子を取り膝のうえに置き
（Ap157. Cp150）

この文では、サイチンガの家に来た行脚僧は、自分の茶碗にお茶を入れてもらって「片手でお茶を入れた茶碗を持ち、片手で帽子を取り、膝のうえに置き、しばらくお経を唱えてからやっとお茶を飲んだ」と記している。行脚僧の飲茶の際の儀式とは、①片手でお茶を入れた茶碗（鉢）をもつ　②片手で帽子を取る　③お経を唱えるなどの三点である。テクストCでは、この遺漏により文意が通らなくなっている。

②意図的に削除された文

テクストCで意図的に削除する際、「直接削除」と「改竄削除」の二つの方法を用いている。「直接削除」とは、文章の中から削除しようとする文を数行ごとに切り取ってしまうことを言う。例ⅰ～例ⅲを参照。「改竄削除」とは、編集者が「問題文」と政治的に判断した文を削除し、前後の文に合わせるために言葉を書き加えていることを言う。例ⅳと例ⅴを参照。

例i

A「ここの検査は、本当の検査であると言ってもいいと思いました。その理由を言うと、満州と中国の車内での検査が罪人を取り調べるような態度であることを思えば、この船内の検査から日本の開化されていることが一目でわかります。ここでは、検査する人が検査される人を、椅子に座らせ、優しい声で謙虚な言葉をつかい、実に皆の安全について検査しています」

C「ここの検査は、本当の検査であると言ってもいいと思いました。ここでは、検査する人が検査される人を、椅子に座らせ、優しい声で謙虚な言葉をつかい、実に皆の安全について検査しています」（テクストCP30）

（Ap249. Cp235）

例ii

A「日本の国境に入ってきたら、車内で勝手に唾を吐く人と鼻をかむ人はいなくなるため、本当に気持ちよくなります。中国の国内で汽車に乗って観察すると、外国人も中国人も、金持ち、権力者、見た目麗しき人であればあるほど、一般の人を怒鳴りつけて席を奪うことがしばしば目に入る。しかし、日本の国境に入ると、その中国人のような無礼なことは一切見られなくなる。それだけではなく、車窓から外を眺めれば、日本人が山や川、そして土地を上手く利用して使っていることは随所に見られる」

C「日本の国境に入ってきたら、車内で勝手に唾を吐く人と鼻をかむ人はいなくなるため、本当に気持ちよくなります。車窓から外を眺めれば、日本人が山や川、そして土地を上手く利用して使っていることは随所に見られる」

（Ap250. Cp236）

例iii

A「この万里の長城というのは、大昔、漢人は我がモンゴルをとても畏れていたため、中国の燕と趙などの国の時代、中国の北の境にある高い山に城壁を立てた歴史があった」

C「この万里の長城というのは、燕と趙などの国の時代、中国の北の境にある高い山に城壁を立てた歴史があった」

（Ap245. Cp231）

この三例では、日本と中国を比較しながら、日本の文明とその開化ぶりを評価し、中国人の無礼を批判した文が削除されている。また万里の長城に関するサイチンガの歴史認識についての文も削除されている。

これによってサイチンガの当時の思想を正確に把握することが困難になってしまったと言えるだろう。

例iv

A「この朝鮮国の土地はかつて不毛の山であったと言われる。それは日本がこの朝鮮を合併した後、この地の気候と土地の栄養及び質などを詳しく調べ、それに相応しい各種の木を（中略）植える事業を始め……」

C「この朝鮮国の土地はかつて不毛の山であったと言われる。その後、この地の気候と土地の栄養及び質などを詳しく調べ、それに相応しい各種の木を（中略）植える事業を開始め……」

（Ap16. Cp15）

日本が朝鮮を併合したのは事実であるし、植林したことも事実である。徳王政権時代、緑化運動を推進し、植林活動をよく行っていた。「蒙疆新聞社」は「緑化蒙疆」というタイトルで、「植樹緑化促進運動、樹木愛護と保育、植樹緑化運動に対する住民の意識を引き起こす」[19]などの内容を取り入れた日本語、中国語とモンゴル語で書かれた論文募集をするほどであった。サイチンガは日本人の環境保護意識に強い関心を持ち、日本の自然を賛美していたと考えられる。彼は日本で書いた最初の詩集『心の友』の第一章で、日本を「自然の公園」と表現している。またこの『沙原・我が故郷』でも、日本、朝鮮、満州とモンゴルの自然に関する記述がたくさん見られる。

例V

A 「友人たちは沙原の故郷で私が再び帰ってくることを待ちましょうと言い、一回抱き合って、大モンゴル万歳、大モンゴル万歳と叫びながらそれぞれの家に帰っていった」

C 「友人たちは沙原の故郷で私が再び帰ってくることを待ちましょうと言い、一回抱き合ってから、それぞれの家に帰っていった」 (Ap195. Cp187)

すでに例示したように、民族意識に関わる文字はすべて削除され、あるいは改竄された。特に「大モンゴル」「大モンゴル万歳」などの文言は「政治的配慮」からタブー視していたことがわかる。

例vi

A

「我がモンゴルの地に入り込んできた漢人たちは、肥沃な土地で農業を営み、牧草地で放牧し、本当に自分たちの思った通りに裕福になっている。このような祖先から受け継いだ故郷を、他人に取られることは、勇敢な我がモンゴルの恥であり、そればかりではなく、民衆の生活が貧困になっているのもこれが原因だと思う。いくらそうとはいえ、我々の故郷に入植してきて生活している漢人たちのこのような勤勉に働き、自分たちの生活を裕福にしているしぶとさを我がモンゴルの民衆は全員学ぶべきだ」

C

「我がモンゴルの地に移ってきた漢人たちは、肥沃な土地に農業を営み、牧草地に放牧し、本当に自分たちの思った通りに裕福になっている。彼らの、このような勤勉に働き、自分たちの生活を裕福にしているしぶとさを我がモンゴル人の民衆は全員学ぶべきだ」

（Ap44. Cp39）

二〇世紀初頭から、中国内地の漢人が内モンゴル中部地域に入植し、そのしたたかさで比較的豊かな土地を奪ったことは周知の通りである。良質な牧草地を失ったことが、モンゴルが貧困化した原因の一つだとサイチンガは認識していたと思われる。

なお当時日本に留学していたモンゴル人留学生はモンゴル社会の問題を「貧困、病気、怠慢、無智」とまとめていた。サイチンガも同じ認識であったため、このように書いたと思われる。テクストCはここでも漢人を批判的に捉えていたサイチンガの見解を完全に消し去ってしまっている。

(3) 削除された詩歌

テクストCでは、「チンギス・ハーンの軍歌」（作者不明、一二行）、「モンゴル青年党歌」（エリンチンドルジ作、一二行）、「敬祖歌」（サイチンガ作、四四行）など三つの詩がその説明文と共に削除されている。そのほかにも「希望の光」という詩の中から四行が削除されている。ちなみに、テクストBでは該当箇所は削除されていない。

例ⅰ　チンギス・ハーンの軍歌

当時、内モンゴル地域でよく歌われていた歌謡で、特に徳王政権では、『国歌』のように歌われていた。そのためモンゴル人に限らず、関係者の日本人の間でもよく知られていた。

この歌の歌詞に関する当時の文字資料は、現在も未発見のため、歌名と歌詞は一致していない。テクストAでは三節一二行が記録されていたが、テクストCでは歌詞が削除され、その前後の文も改竄されている。

テクストA

「夕日に染まる山々を見ながら、
十万の軍を動員し　arban tümen čerig-iyen dayičilaǰu
アジアの国々を治めよ　aziy-a tib-ün olan ulus-i quriyan toɣtaɣay-a
奮い立つ兄弟たち　alan alan tonilɣaɣči aq-a degüüner
十万の民も兵士も奮戦せよ　arad čerig arban tümen -iyer alan bayilduɣdun

二十万の軍を動員し　qorin tümen čerig-iyen dayičilaǰu
南北の両国を治めよ　qoyitu urida qoyar ulus-i quriyan toɤtaɤay-a
ホンゴル、シュクル、フチン、テグスの四勇士　qongɤur sikür küčün tegüs dörben baɤatur
二十万の精鋭軍で素早く戦闘せよ。　qoyaɤ čerig qorin tümen-iyer qurdun
bayilduɤdun

青壮年の軍を動員し　ider ǰalaɤu čerig-iyen dayičilaǰu
欧州の国々を治めよ　ibrub tib-ün olan ulus-i quriyan toɤtaɤay-a
抵抗する敵とは　iren iren ülü daɤaqu esergüü dayisun-i
九十万の勇壮な軍で戦闘せよ　ider čerig yeren tümen-iyer ilbin bayilduɤdun
というチンギス・ハーンの軍歌を口ずさんだ」。

テクストC

「夕日に染まる山々を見ながら、『チンギス・ハーンの軍歌』という四節の歌を口ずさんだ」

（ap210. Cp202）

小長谷由紀教授は「この詩の内容から、日本人の主導によってモンゴル人とともにつくったのではないか[20]」と推測している。

一九三六年、デンマークのコペンハーゲン博物館の依頼で、探検家のハズルンド・クリステンセン氏が内モンゴルで録音した民謡には、この歌が採集されていた。

一九四三年、徳王政権の後援で作成された映画『成吉思汗』（大映製作、監督：牛原虚彦と松田定次、音楽：白木義信）の主題歌にはこの「チンギス・ハーンの軍歌」のメロディが使われていた。

テクストAの記述は、モンゴル民謡研究、サイチンガの作品におけるチンギス・ハーンに関する研究にとって貴重な文字資料となることは間違いない。

テクストAでは三節までしか記録されていないが、テクストCでは歌詞を削除し、「四節の歌を口ずさんだ」と改竄している。確かに、もう一節があるようである。その内容は、「五〇万の軍を動員し、チベットと中国を治めよ。遠征する兄弟よ、勇敢な軍五〇万で速やかに戦闘せよ」であるが、最後の二行が異なるテクストもある[21]。

例ii　モンゴル青年党歌

テクストA

夜明けの光が輝き
ür čayiqui-yin saraɣul tuyaɣ-a öndür gereltüǰü
恐怖の夜の闇を追い払い
uyitqar-tu söni-yin qarangɣui-yi ülden ǰayilaɣulbai
自治政権を建てる我がモンゴル
öbesuben ǰasaqu ǰasaɣ-i bayiɣulqu man-u
mongɣulčud
根幹になる青年党を結成した
ündüsün bolqu ǰalaɣus-un nam-i bütügen
bayiɣulbai

偉大な英雄チンギスの精神を蘇らせ
öbdegsi baɣatur činggis-ün sür-i takin mandaɣulǰu
現代の新しい潮流を受け入れ
önüge-yin čaɣ-un sin-e urusɣal-i uɣtun abačiɣaɣad
若者達は純真な気持で団結し
ünen sedkil-iyer ǰalaɣus bide nar bölküm
ǰanggiddüǰü

母なるモンゴル民族を復興させよ
öber-ün eke mongɣul uɣsaɣatan-iyan sergügen manduɣuluy-a
アジアの堅固な壁である我モンゴル
aziy-a tib-ün batu qalqabči man-u
mongɣulčud
聖なるチンギス・ハーンの子孫だと悟り
asuru biligtü činggis-ün üres kemen labta medečeged
兄弟のような我モンゴルの若者達は
aq-a degüü metü mongɣul-un ǰalaɣus bide bükün nar
広大なモンゴル国を建設せよ。
aɣuu debisger-tü mongɣul ulus yuɣan bütügen bayiɣuluy-a
（Ap231. Cp219）

作詞のエリンチンドルジ氏は、張北青年学校の教師であり、サイチンガの恩師でもある。氏はキリスト教徒であり、『聖書』のモンゴル語訳に多大な貢献をした人物である。

「モンゴル青年党」は政治組織ではなく、主に文化活動を行う学生組織であった。その活動範囲は古い風習の改新、モンゴル文字の普及、自由恋愛の宣伝、アヘン使用の禁止など多岐にわたり、『モンゴル青年』という機関誌も刊行していた。

テクストAの「モンゴル青年党歌」とエリンチンドルジ氏に関する記事は、日本支配時代のモンゴル教育史、エリンチンドルジ氏の研究にとっては貴重な参考文献である。それにも関わらず、テクストCでは、「モンゴル青年党歌」とその前後の文とともにすべて削除してしまっている。

(4) 移動、再分類

「前書き」と詩「波立つ海岸にて」の再構成

テクストCは、サイチンガの作品を編集する際、構成を変えている。その結果、テクストAの「前書き」は『全集』第六巻(論述篇)に、七月三十一日の日記に記されていた「波立つ海岸にて」という詩は『全集』第一巻(詩篇)に、それぞれ移動させている。また『全集』の「太平洋の海岸にて」には、「この詩は『水泳の歌』あるいは『モンゴル青年たち』という別名で民衆の間で広まってもいるが、我々は『沙原・我が故郷』という作品における著者自身の記述を基準にしてこのタイトルを採用した」と注釈を付けている。そもそもサイチンガの詩集『心の友』とテクストAには「太平洋の海岸にて」というタイトルがつけられているので、この説明は必要ないはずである。『心の友』（詩集）、『心の光』（散文集）などの「前書き」も『全集』第六巻（論述篇）に移動させているが、『我がモンゴルに栄光があれ』（散文集）の「前書き」のみ削除されている。この『我がモンゴルに栄光あれ』の「前書き」は、サイチンガが書いたものではなく、当時徳王政権の顧問だったゴロジョルジャブ氏の手によるものであったため削除されたと思われる。

ここで指摘しておきたいことは、『全集』では内モンゴルの最初の現代詩集と高く評価されている、サイチンガが日本で書いた最初の詩集である『心の友』が大きく変えられ、その原形を殆ど留めていないことである。

前述のように『全集』では『心の友』の「前書き」は第六巻に移され、それ以外にも、各節のタイトルである「自然の公園と文化の中心になった日本」「希望の源泉」「オアシスの霧」「チンギスの血のたぎり」はいずれも削除されている。サイチンガの著作を年代順に編集し、原作に依拠すれば、最初に置かれるべき詩集は『心の友』である。またその詩集の第一節のタイトルは「自然の公園と文化の中心になった日本」であり、その節の一番目の詩は「富士山」である。つまり『全集』の一番目の作品は「富士山」となるはずであるが、『全集』では第二節「希望の源泉」の四番目の詩「光の源」が第一巻最初の詩に選ばれ、二番目には第五節「長編詩」の一番目の「ザンバーに押さえられた若草」が入り、その後は原作の順に沿って編集されている。なぜこのように編集し直されたのか、その理由についての説明はない。

(2) 加筆

(1) テクストAにはなかったが、テクストCには三二の単語と一一の格助詞などが書き加えられている

例 i

A　bösetei bösegüi üy-e-yin ǰalaɣu nöküd

C　bösetei bösegüi olan üy-e-yin ǰalaɣu nöküd

A　男女　同世代の若い同志たち

C　男女　多世代の若い同志たち

（Ap101. Cp92）

モンゴル語で「üy-e-yin ǰalaɣu」とは同じ世代の若者の意味を示すが、「olan」を加えたことにより、多くの世代の若者となり、意味不明になった。

例ii

A　man-u　　　　　bükü qosiɣun-a
C　man-u mongɣul-un bükü qosiɣun-a
A　我　　　　　　全　旗
C　我がモンゴルの　全　旗

（Ap94. Cp86）

旗はモンゴルの行政単位である。徳王政権の支配地域では、五盟の中に三〇ほどの旗があった。サイチンガが書いたここでの「全旗」とは、ショロンフフ・ホショーを指していて、全モンゴルのすべての旗を指していたわけではない。

例iii

A kitad kümün-ü γar-ača aliba yaγum-a-ban qudaldun abču

C kitad mayimayičin kümün-ü γar-ača aliba yaγum-a-ban qudaldun abču

A 漢人の手からすべてを買っている

C 漢商人の手からすべてを買っている

（Ap206. Cp199）

「kitad kümün」は漢人の意味であり、漢民族の意味も含まれている。ここで「mayimayičin」という言葉を加えたことにより、漢民族全体へのモンゴル人の不満を、漢民族の商人のみに向けられているかのように加筆し、意味を変容させている。

(2) 格助詞の加筆

テクストCには一六の文に一六の格助詞が改竄されたか、加筆されている。テクストBには九つの文の九つの格助詞が加筆されている。例示すれば、次の通りである。

例ⅰ

A so degüü inü kürčü ireged

C so-yin degüü inü kürčü ireged

A ソ　弟が来て

C ソの弟が来て

（Ap207. Cp200）

例ⅱ

A solungɤus-un nutuɤ bolqu tula kereg bolɤan sayitur aǰiɤlabasu

C solungɤus-un nutuɤ bolqu tula kereg bolɤan-i sayitur aǰiɤlabasu

A 朝鮮の土地になるためわざわざ注意してみたら

C 朝鮮の土地になるためすべてを注意してみたら

（Ap18. Cp17）

この二例のように、格助詞を書き加えたことで、意味が完全に異なってしまっている。

(3) 句読点・括弧の加筆

テクストCには一〇箇所以上ある。例示すれば、次の通りである。

例 i

A　torγ-a boyu dordung　qanjiyar ba kürüm

C　torγ-a boyu dordung, qanjiyar ba kürm-e

A　絹或いは綢の袖なしのシャツと上着

C　絹或いは綢、袖なしのシャツと上着

（Ap117. Cp106）

故郷の家に帰ったサイチンガは、自分用のタンスの整理について「絹或いは綢でつくった袖なしのシャツと上着」と記しているが、読点により「絹或いは綢、袖なしのシャツと上着」の二つの文となってしまい、意味が変わってしまった。

例ii

A　tegüsbei.

C　(tegüsbei)

A　完

C　(完)

(Ap256. Cp240)

(4) 解釈文の加筆

テクストB・Cとも四カ所に解釈を加えている。

an düng（安東）、šaγšabad（戒律）、onǰing（ベッド）などの用語に対して簡単な解釈を付けている。また、テクストAの「前書き」の欠損した箇所について、テクストBでは「○」印、テクストCでは「*」印が付けられ、「欠損した文字」という注が入れられている。しかし実際には、テクストAの「前書き」と最後の数ページにはこれ以外にも欠損した文字が約二〇以上あるにもかかわらず、BとCにはいずれも言及がない。

(5) 特別な加筆

テクストCでは一一の単語の前に特別な加筆が見られる。殆どの満州という文字の前に「偽」（qaɤurmaɤ）の文字が括弧つきで書き入れられている。モンゴルの前にも「偽」を書き加えた箇所がある。にもかかわらず、「満州国」という文字の前に書き入れがなかったりもしている。この「偽」の文字を加筆する基準についての説明はなく、こうした無定見な加筆は読者を混乱させる要因となる。

以下は「偽」の文字が付けられた例である。

朝鮮と「偽」満州の境界（Cp17）
この「偽」満州のところの山河（Cp18）
この「偽」満州の土地（Cp18）
この駅で「偽」満州の民衆が大勢乗ってきた（Cp18）
ここは「偽」満州と中国の両国の国境である（Cp19. Cp230）
「偽」満州国の荒野（Cp18）
「偽」満州の紙幣（Cp230）
漢人と「偽」満州人（Cp233）

「偽」モンゴル自動車事務所（Cp28）
「偽」モンゴル青年学校（Cp36）
モンゴル軍（偽）政府（Cp183）

このような例から、編集者が政治的な配慮からか、原則を明確にしないまま加筆していることがわかる。それは中国の出版史上でさえ極めて異例のことと言える。

（3）語順位置の入れ替え

テクストAと比べ、テクストCでは一行の明らかな校正ミスを除くと、他の八つの文はすべて編集者の好みなのだろうか、意図的に文字を移動させたと思われる。しかしおおむねテクストAの方が日本語に置き換えた場合、語順がぎくしゃくしていない。

例文ｉ

A　nigen siɣui-yin aǰil-un surɣaɣuli-du surču bükü nökür
C　nigen aǰil-un siɣui-yin surɣaɣuli-du surču bükü nökür
A　一人の林業学を学んでいる友

C　一つの仕事の林学校で学んでいる友　（Ap11. Cp11）

ajil は「仕事、作業」などの意味があるが、名詞につけると「業」の意味をもつ。

例文ii

A　lübkim-e qalaɤun böged keseg keseg ser ser salkin salkilaɤsan edür

C　lübkim-e qalaɤun böged ser ser keseg keseg salkin salkilaɤsan edür

A　蒸し暑いけど、偶にスッと風が吹いた日

C　蒸し暑いけど、スッと偶に風が吹いた日　（Ap1. Cp3）

例iii

A　bidener tergen-e saɤuɤčid-i narin-iyer nengǰin bayičaɤabai

C　tergen-e saɤuɤčid bide ner-i narin-iyer nengǰin bayičaɤabai

A　我々汽車に乗った者を詳しく検査した。
C　汽車に乗った者我々を詳しく検査した。

（Ap20. Cp19）

（4）改竄

テクストCでは三二〇以上の文で五六〇以上の文字を改竄している。そのなかにはテクストBの改竄をそのまま残し、さらに改竄した個所がある。「削除」や「加筆」と比較して、改竄した部分が遥かに多い。この点について、テクストBを整理し、監修したサンボー氏は二〇一四年三月、フフホト市で筆者の取材を受けた際、「出版社は原著を大いに改竄し、ブリンサイン教授[22]が書いた「前書き」を削除した」と無念な気持ちを露わにしていた。

例i

A　šan lin siyei qui dur kürčü
C　šan men süi qui dur kürčü

A　ぜんりんきょうかい（善隣協会）に行き
C　šan men süi qüi（山門税会?·）に行き

（Ap31. Cp28）

一九三三年に設立された善隣協会は、主に内モンゴルを対象に医療と教育に関する活動を行う機関であった。特にモンゴル人留学生の教育事業に歴史的な役割を果たした団体である。サイチンガは同協会に所属する善隣高等商業学校特設予科で予備教育を受け、のちに東洋大学に進学したが、卒業するまで、善隣学寮に住んでいた。

サイチンガは帰省の途次、当時、徳王政権の首都だった張家口に着き、駅から直接善隣協会の張家口支部に行き、そこで食事を取り、責任者に挨拶した。テクストAでは、サイチンガは善隣協会の名前を中国語の発音に従い「šan lin siyei qüi」とモンゴル語で音写していたが、テクストBとテクストCで šan men sui qüi と変えられており、その理由は不明である。

例ii

A toküǰümaru kemekü ɣal ongɣuča
BC toküyomaru kemekü ɣal ongɣuča
A とくじゅまる（徳寿丸）という船
BC とくようまるという船

（Ap11. Bp139. Cp11）

サイチンガは帰省の際、東京から汽車で下関に行き、そこで徳寿丸に乗り換え、釜山に着いた。徳寿丸は李氏朝鮮の宮殿の王宮である徳寿宮に因んで命名された鉄道連絡船で、一九二〇年代から終戦まで使用されていた。

例iii

A yi nökür
C a nökür
A イ友

C　ア友

（Ap312. Cp28）

サイチンガは『沙原・我が故郷』に登場する人の名前を最初の文字で表記しているが、その人物の名前は、ほぼ明らかになっている。例iiiの「イ友」は、サイチンガの同級生イデシンノルブ氏である。しかしテクストBとテクストCでは、このようなミスが多い。

例iv

A　ayil ger-iyen ajilan yabuqu

C　ayil ger-iyen ejelen yabuqu

A　家庭を営んでいく

C　家庭を占領していく

（Ap67. Cp60）

サイチンガが帰省すると、祖母をはじめ、家族全員が様々な理由を挙げ、日本に戻ることに反対した。その中に「今この年になっても、家庭をしっかり営んでおらず、いろいろなところで学問を習得しているとはいえ、以前のように家庭を顧みずに行ってしまうのはいけない」と言われたようである。サイチンガはすでに結婚しており、当時のモンゴル社会の習慣により、妻を二人娶っていたため、家族は再び日本に戻ることに反対していた。

モンゴル語の ejelen は占領もしくは他人の物を奪うという意味合いが強く、ajilan は営むという意味である。

例v

A　wang kitad　mori-ban unuju yabubai

C　wang obuɣtu mori-ban unuju yabubai

A　王　漢人が馬に乗っていった

C　王　氏が馬に乗っていった

（Ap172. Cp165）

例vi

A　man-u mongɣul nutuɣ-tur šiɣun oruǰu iregsen kitad kümüs

C　man-u mongɣul nutuɣ-tur negüǰü　iregsen kitad kümüs

A　我がモンゴルの地に密入してきた漢人たち

C　我がモンゴルの地に移住してきた漢人たち

（Ap44. Cp39）

例ⅴと例ⅵに示したとおり、「王漢人」を「王氏」に、「密入」を「移住」に改竄している。それは編集者の政治的な配慮によって改竄されたことは容易に推測できる。サイチンガは入植してきた漢人の牧草地開墾と漢人商人（即ち旅蒙商）の悪徳行為に対して当時のモンゴル民衆の不満を代弁しているのだが、このように漢人を批判するような表現はテクストCではすべて改竄、あるいは削除されている。確かに二〇世紀初頭から、中国内地の農民がモンゴル地域に大量に入植してきたことにより、民族間の紛争は頻繁に起こっていた。モンゴルでの中国軍閥の統治、特に軍隊による開墾がモンゴル人の反発を引き起こしていた。

例vii

A　qoɤul　čai-ban iden　uuɤuǰu

B　qoyaɤula čai-ban iden　uuɤuǰu

C　qoyaɤul　čai-ban erteken uuɤuǰu

A　ご飯とお茶を食べたり飲んだりする

B　二人でお茶を食べて飲む

C　二人でお茶を早めに飲む

（Ap211.　Bp311.　Cp204）

例viii

A　nilq-a boɤsan mongɤul yuɤan ideršigülüy-e

B　nilq-a boɤsan mongɤul yuɤan idešigülüy-e

C　nilq-a boɤsan mongɤul yuɤan edešigülüy-e

A　弱小なモンゴルを強くしよう

B　弱小なモンゴルは力が付くように

C　弱小なモンゴルを豊かにしよう

（Ap123. Bp233. Cp113）

このように、テクストCは原著（テクストA）を利用せず、すでに改竄されていたテクストBを利用したのは明らかである。またテクストBで改竄した文を更に改竄することにより、原著とは大きく意味が変わってしまったことがわかる。

以上のように、不適切な改竄を何のためにしたのか理解に苦しむところである。

テクストCが出版されて一八年が経とうとしている。これまで述べてきたように露骨に改竄された作品を通し、サイチンガの人と作品を理解し、研究しようとする若い研究者は少なくないであろう。しかしこうしたテクストに基づいて研究すれば、当時のサイチンガの作品を正しく理解できなくなるだけではなく、研究上の混乱を招くことにもなるであろう。

（5）その他の問題

（1）方言

サイチンガの作品には、内モンゴルの中部地方のチャハル方言が多く使われている。それを編集者が多少修正した部分もあるが、すべてとは言い難い。たとえば aǰi（お父さん）、maɣatar（明日）、ǰigčükei（紅雀）など。テクストCの編集者たちが、チャハル方言及び遊牧文化についてあまり理解していないことによるミスも多く見える。

（2）ügei

モンゴル語は母音調和がある言語とされている。すなわち、モンゴル語の七つの母音は「男性母音」「女性母音」と「中性母音」に分けられ、「男性母音」と「女性母音」を混用させないようにしている。テクストCでは否定の ügei を前の文字につなげる際、母音調和がされないまま記されている。それがすでに定着したモンゴル語の文法を破壊し、混乱を招いている。

例を示せば、

aldal + ügei= aldalgüi（失わない）、udal+ ügei= udalgüi（間もない）がある。

現在、内モンゴルのモンゴル文字の正字法が乱れ、その影響が小中高の教科書、辞書及び一般書物にまで及び、社会問題となっている。『全集』は伝統的な文法を無視し、今の混乱状況に加担したと言っても過言ではないであろう。

(3) テクストAにおける問題点

原著のテクストAでは、専門用語が統一されているとは言いがたい。また校正ミスなども多少存在している。それは専門用語に対し、当時のモンゴル語が規範化されていなかったことが原因だと思われる。

3 三つの『沙原・我が故郷』の運命

『沙原・我が故郷』は『心の友』（詩集）『我がモンゴルに栄光あれ』（散文集）と共に、サイチンガの代表的な三作であるが、モンゴル民族の文学史上、特に内モンゴルにとって、それは一時代を象徴した作品でもある。サイチンガの作品研究は、モンゴル文学研究の重要な部分をなすことになるが、残念ながらこれらの作品は、もともといずれも出版部数が少なく、戦争という時代を乗り越えたとは言え、相続いた政治運動などにより、原著は殆ど失われ、残っているものも不完全である。そのため研究者たちの多くは、致し方なく『沙原・我が故郷』の一九八七年版のテクストBと一九九九年版のテクストCを利用している。

テクストBとテクストCを比較してわかるように、削除、加筆、改竄された個所が特に多いのはテクストCである。改竄された要因は、編集者たちの校訂作業における厳正な姿勢や教養と知識の把握、また取り囲まれた言語環境などによるものだと考えられる。しかし何よりも深刻なのは、政治的アレルギーによるもので、文化事業に従事する者にとって、特に新聞出版の監督や権力者並び「学術研究をリードする者」（中国語では「学術帯頭人」）たちは、できるだけサイチンガを「赤く」染め、「潔白」に見せようと努めたことに起因していることは否定できない。内モンゴル自治区共産党委員会と人民政府から、サイチンガの作品に対する計画的な削除、あるいは改竄するような指示はなかったと編集・校訂事業の参加者（内モンゴル大学のB教授）は証言しているが、しかし編集・校訂者には、党に「忠誠心」を示すため、サイチンガの作品に対して意図的に削除と改竄を積極的に行なった者がいるのも事実である。しかしサイチンガの作品を大量に削除、改竄したことはかえって、党と人民政府の名誉を失墜させる結果をもたらしたことにもなる。というのは、サイチンガの作品出版事業は中華人民共和国建国五〇周年の特別記念プロジェクトであり、編集出版のすべての費用は、内モンゴル人民政府によって負担されたが、そのプロジェクトに見合うような厳密なテクストを達成できなかったのであるから。

いずれにせよ、『沙原・我が故郷』は再編集・再校訂を経て出版されるたびに改竄され、その結果、原形が欠損していったことは見てきたとおりである。しかし残念ながらこれは単にサイチンガの作品だけに起こっているのではなく、中国で実施してきた文化政策の一局面の表れにほかならない。

テクストCで、特に以下のような内容が意図的に削除されたのは明白である。

① 民族主義的な表現。たとえば「大モンゴル」「モンゴル万歳」「軍術を学び、チンギス・ハーンの威厳を取り戻す」「モンゴル国を建国」などの表現。

② 日本の『文明』についての記事。たとえば「満州と中国の汽車の中での検査は、犯

人を訊問しているようだ。それと比べると、この船の中での検査を見れば、日本国の「文明」が簡単に分かる」などの記事文。

③　漢民族に対する不満や批判的な文章。たとえば「我が故郷を占領した漢人」「漢人はこのように粘り強いのだ。故に我がモンゴルのすべての産業を奪った」など。

このような原著に対しての加筆、削除、改竄が繰り返された結果、テクストCはサイチンガの『沙原・我が故郷』ではなく、編集・校訂者の作品となってしまったとも言える。文化大革命の時期、サイチンガの作品は「毒草」であり、「資本主義のイデオロギーにより書かれた作品であるため、研究して評価する価値がない」とされ、日本の「戦争の火炎瓶である富士山を賛美した」と厳しく批判されてきた。しかし徐々に緩和され、再出版の機会があり、しかもあえて改竄したものまでも再出版するという企画も実現している。それは歴史によって引き起こされた誤まちまでも記録しておこうという一種の事実尊重の文化的な継承への渇望だと見ることもできよう。改竄や変容されたテクストをも含め、それは時代を反映しつつ、サイチンガの原著から遠ざかる内容であろうとも歴史として残されるべきであろう。

4 結語

今まで出版されてきたテクストの欠点を補うため、筆者はサイチンガの故郷である正藍旗の政治協商委員会の協力により、中国、日本、アメリカ、モンゴルなどの国々に保管されているサイチンガの代表的な作品である『心の友』（詩集、手書き謄写版と活字版）『沙原・我が故郷』『心の光』『我がモンゴルに栄光あれ』『家政興隆書』などのもっとも良い状態の原著を収集し、『サイチンガの作品』として、内モンゴル科学技術出版社より二〇一四年六月に復刻、出版した。

しかし現在までのところ、中国の新聞・出版界がサイチンガの作品を引用する際、『全集』に掲載された作品を参照元にする傾向が強まっている。『全集』については、B・オソル氏はすでに二〇〇八年一月十四日の『内モンゴル日報』に、「サイチンガの『全集』は完全なのか」という文章を載せ、二〇以上の作品が削除され、一部の作品は改竄されたことを指摘していた。筆者は二〇一四年四月、中国人民大学で開催された「サイチンガ生誕一〇〇周年国際シンポジウム『サイチンガと内モンゴルの現代文化』」で「時代の流れとテクストの運命～サイチンガの『沙原・我が故郷』のテクスト研究」というタイトルで発表し、その小論を『中国モンゴル学』誌[23]に発表したが、筆者の問題提起に反響の兆しさえ見られないのは大変残念である。

一九九九年、『Na・サインチョクト全集』を出版する際、サイチンガを『二〇世紀中国モンゴル民族の大文豪、近代と現代のモンゴル文学の創始者、著名な詩人』と高く評価していたことは上述したが、それ以後、サイチンガに対する評価が微妙に、しかも巧妙に変えられつつあることを指摘しておきたい。

二〇一四年七月二十五日、内モンゴル自治区共産党委員会宣伝部が主催した「Na・サインチョクト生誕一〇〇周年記念座談会」で、ウラン部長はサイチンガを「モンゴル民族の新文学の創始者の一人[24]」と述べて、それまでの「創始者」から「創始者の一人」と微妙に言い換えていたのである。

またかつて内モンゴル人民出版社の編集者で、現在は内モンゴル自治区作家協会の主席であるT・ゴンブジャブは、二〇〇〇年当時、『民族文学』誌（中国語）に掲載した文章では、サイチンガを「モンゴル新文学の創始者[25]」と高く評価していた。そのT・ゴンブジャブ本人が『Na・サインチョクト全集』編集の中心人物の一人であったことを忘れてはならない。その彼が二〇一四年の文章では口調を改めて、「モンゴル民族の現代文学の創始者の一人」[26]とウラン部長に迎合するように巧妙に言い換えているのである。

二人ともなぜ同じ時期にサイチンガを「創始者」から「創始者の一人」として評価するようになったのか、その根拠や理由についての説明は一切ない。しかも「創始者の一人」であるなら、他の「創始者」は誰なのか言及されて当然なはずだが、現在までその点への言及は管見するところないようである。

作家とそのテクストが政治的、あるいはイデオロギー的な温度の変化によって評価が常に左右し、さらには意図的に変容させられていく現状は痛々しい。だが現在の内モンゴルが中華人民共和国の一部となっていることを考えれば、それは致し方のない時代の変化だとも言える。

しかしそれにしても、歴史や文学テクストに対して責任ある知の伝承者ならば、誰もが今、起こりつつある変容の足迹を詳細に記録しておくことこそ重大な責務なのではないだろうか。そして評価は歴史に委ねなければならないのである。

第Ⅲ部　サイチンガと東洋大学

東洋大学に入学時

サイチンガは内モンゴル近代文学の礎を築いた詩人であるとともに、教育者、翻訳家でもあった。そして教育面では、民族の教育ばかりか、女子教育でもモンゴル史上、開拓的な事業を成し遂げ、その積極な教育活動は高く評価されてきた。その生涯の数々の活動は常に時代をリードしたが、いずれも近代的な思想によって裏づけられながら、かつ民族の伝統を発揚するものであった。それらの活動の源泉や思想性はいずれも日本留学中に受けた教育にあったことは間違いない。しかしそれらの活動のルーツは、いかなる知的、思想的な背景があり、いかに吸収し、受容してきたのか、たとえ大まかでも現在までほとんど明らかにされていなかった。

サイチンガは一九三七年四月から徳王政権の官費留学生として日本に留学し、最初は東京の善隣高等商業学校特設予科で一年予備教育を受け、翌年の一九三八年四月に東洋大学専門部倫理教育科に入学した。大学に入学した年の秋頃、サイチンガは結核にかかり、入院したため、「不受験　原級」(1)となった。そのため一九三九年四月から再び一年生として学び始め、本来一九四二年三月の卒業だったが、戦況により一九四一年十二月二十七日に繰り上げ卒業となった。

「諸学問の基礎は哲学にあり」を建学精神とする東洋大学で、サイチンガは三年間の学習により、「知徳兼全な人」として成長した。サイチンガという人物を研究する際、日本で教育を受けたことが彼の人格形成に少なからず影響を与えたことは明らかであり、無視できないだろう。

ここではサイチンガの東洋大学での学習履歴を通して、三年余の期間、何をどのように勉学し、誰のもとで学び、どのような知の蓄積によって成長していったのかを考えてみたい。

特に直接に影響を与えたと考えられる、大正から昭和時代の日本の代表的な英文学者の一人、三木春雄教授は一人のモンゴルの青年にすぎなかったサイチンガにどのように接し、教えていたのか考察したい。

1　サイチンガの履修科目とその成績

サイチンガは東洋大学に在籍した三年間に「倫理」「教育」「国体学」「哲学」「歴史」「法制経済」「英語」「体操教練」の八科目を履修したことが「学籍簿」に記載されている。しかしこの八科目というのは、個々の授業科目を指すのではなく、科目分類上の名称であると考えられる。ここで明記したいことは、サイチンガが在籍三年間で三七教科目を履修していたという事実である。その中には、二学年もしくは三学年にわたって履修しなければならない教科目も含まれている。

ここでサイチンガの「東洋大学専門部倫理教育科　試験成績表」（以下「成績表」と略記）を参照しながら、「学籍簿」に記載されている教科目の順番に従って、その科目構成と履修学年、および成績を整理しておく。

（1）「倫理」

「倫理」は「国民道徳」「東洋倫理史」「西洋倫理史」「日本倫理史」「倫理学」の五教科目が置かれている。サイチンガの成績は左記の表1の通りである。

表1 「倫理」の成績

	第一学年	第二学年	第三学年	三カ年平均
国民道徳	61	79	88	76

東洋倫理史	61	72		67
西洋倫理史	64	91		78
日本倫理史			91	91
倫理学			92	92
学年平均	62	81	90	81

サイチンガの「学籍簿」には、「第一学年62、第二学年81、第三学年90、卒業81と記入されているが、それは、それぞれの学年の成績の平均点である。

2 「教育」

「教育」は「教育学」「教育史」「心理学」「応用心理学」「教授法」「実地授業」、「教育行政」「日本教育学」の八教科目が置かれている。サイチンガの成績は左記の表2の通りである。

表2「教育」の成績

	第一学年	第二学年	第三学年	三カ年平均
教育学	80	88		84
教育史	64	78		71
心理学	60			60
応用心理学		85		85
教授法			68	68
実地授業			83	83
教育行政			80	80
日本教育学		84		84
学年平均	68	84	77	77

「学籍簿」には、「第一学年72、第二学年83、第三学年75、卒業77」と記されているが、この記載は「成績表」の記載と食い違っている。その理由は推測の域を出ないが、記入ミスの可能性が高い。「学籍簿」は「成績表」から転記されるので、「成績表」の記載の方が

信憑性は高いと考えられる。

3 「国体学」

「国体学」は「日本精神論」「日本儒教学」「日本仏教学」の三教科目が置かれている。サイチンガの成績は左記の表3の通りである。

表3 「国体学」の成績

	第一学年	第二学年	第三学年	三カ年平均
日本精神論	61			61
日本儒教学		70		70
日本仏教学			80	80
学年平均	61	70	80	70

ここの成績の記載は「学籍簿」と一致している。

4 「哲学」

「哲学」は「哲学概説」「東洋哲学」「西洋哲学」「社会学」「倫理学」「支那哲学」の六教科目が置かれている。サイチンガの成績は左記の表4の通りである。

表4 「哲学」の成績

	第一学年	第二学年	第三学年	三カ年平均
哲学概説	75			75
東洋哲学史	67			67
西洋哲学史	70	81		76
社会学			90	90
論理学			75	75
支那哲学		75		75
学年平均	71	78	83	76

「学籍簿」では、「第一学年68、第二学年80、第三学年80、卒業76」とあるが、これは「成績表」の記載と食い違っている。その理由は不明である。

5 「歴史」

「歴史」は「日本歴史」「東洋歴史」「西洋歴史」の三教科目が置かれている。サイチンガの成績は、左記の表5の通りである。

表5 「歴史」の成績

	第一学年	第二学年	第三学年	三カ年平均
日本歴史	70			70
東洋歴史		73		73
西洋歴史			92	92
学年平均	70	73	92	78

「学籍簿」の記載と一致している。

6 「法制経済」

「法制経済」は「経済学原論」「憲法」「経済政策」「民法総則」「行政法総論」「社会政策」「民法」「行政法各論」（政治学）「国際法」の九教科目が置かれている。サイチンガの成績は左記の表6の通りである。

表6 「法制経済」の成績

	第一学年	第二学年	第三学年	三カ年平均
経済学原論	79			79
憲　法	64			64
経済政策		61		61
民法総則	71	77		74
行政法総論			89	89
社会政策			90	90
民　法		77		77

行政法各論（政治学）			76	76
国際法			88	88
学年平均	71	72	86	78

「学籍簿」には、「第一学年71、第二学年72、第三学年85、卒業成績76」と記載されている。ここで一つ指摘しておくと、第三学年の履修教科目である「国際法」の成績記入に遺漏があるため、第三学年の平均点が「学籍簿」の記載と食い違っていることである。活字で印刷された「成績表」の教科目欄には「行政法各論（政治学）」と「国際法」の二つの欄が設けられておらず、教科目一覧の最後に手書きで追加されている。この二教科目の成績を「成績表」の科目分類「法制経済」の教科目として加算したことがこの食い違いの原因になっている。ちなみにサイチンガがこの二つの教科目を特に選択して履修したわけではないようで、倫理教育科の全員が履修している。

7 「英語」

「英語」は二つの欄が設けられており、サイチンガの成績は左記の表7の通りである。

表7 「英語」の成績

	第一学年	第二学年	第三学年	三ケ年平均
英語	82	60	80	74
英語	79	68	68	72
学年平均	81	64	74	73

英語の成績は「学籍簿」と一致している。印刷された「成績表」には「英語」の教科目欄が二つあり、サイチンガは両方を三学年通して履修している。「東洋大学試験採点表」によれば、サイチンガは第一学年で三木春雄と廣井辰太郎、二人の教員から英語を学んだことが確認できる。

専門部倫理教育科で朝鮮系の学生が「支那語」(中国語)を履修しているのに対して、日本人学生とサイチンガは英語を履修していた。サイチンガの同級生だった小林英洲氏(専門部国漢科)は「当時、専門部の英語の授業は、「英語講読」と「英語作文」があった」[2]と回想している。戦時中でありながら、東洋大学の英語教育が充実していたことに注目しておきたい。

8 「体操教練」

サイチンガの成績は左記の表8の通りである。

表8 「体操教練」の成績

	第一学年	第二学年	第三学年	三カ年平均
体操教練	50	68	63	60
学年平均	50	68	63	60

体操教練の成績は「学籍簿」と一致している。

これまで示してきた諸表から以下のことがわかる。

(一) これまでサイチンガは東洋大学の三年間で八科目だけ履修したとされていたが、実はそれは科目分類として八つあったことで、教科目としては三七教科目を履修していた。三学年通して履修した教科目は「国民道徳」「英語」(講読)「英語」(作文)「体育教練」の四つである。二学年通して履修した教科目は「東洋倫理史」「西洋倫理史」「教育学」「教育史」「西洋哲学史」「民法総則」の六つで、複数年にわたって履修した教科目は、あわせて一〇教科目である。一つの学年の履修教科目数は各学年とも一七である。

(二)サイチンガの「学籍簿」には、学習成績が「第一学年67点、第二学年74点、第三学年80点、卒後成績74点」と記載されている。この記載は「成績表」とほぼ一致しているが、ただ第三学年の平均成績は「成績表」では81点となっている。これは計算ミスのためだと思われる。

サイチンガの履修した科目の成績を学年ごとにまとめると、以下の表9~11の通りとなる。

表9　第一学年

教科目	成績
国民道徳	61
東洋倫理史	61
西洋倫理史	64

表10　第二学年

教科目	成績
国民道徳	79
東洋倫理史	72
西洋倫理史	91

表11　第三学年

教科目	成績
国民道徳	88
日本倫理史	91
倫理学	92

教育学	80
教育史	64
心理学	60
日本精神論	61
哲学概説	75
東洋哲学史	67
西洋哲学史	70
日本歴史	70
経済学原論	79
憲法	64
民法総則	71
英語	82
英語	79

教育学	88
教育史	78
応用心理学	85
日本教育学	84
日本儒教学	70
西洋哲学史	81
支那哲学	75
東洋歴史	73
経済政策	61
民法総則	77
民法	77
英語	60
英語	68

教授法	68
実地授業	83
教育行政	80
日本仏教学	80
社会学	90
論理学	75
西洋歴史	92
行政法総論	89
社会政策	90
行政法各論	76
国際法	88
英語	80
英語	68

体操教練	50
学年平均	68

体操教練	68
学年平均	76

体操教練	63
学年平均	82

表9～11の通り、第一学年の平均成績は68点、第二学年の平均成績は76点、第三学年の平均成績は82点である。また教科目の得点から見ると、第一学年では、80点を超えているのは「教育学」と「英語」の二教科目のみである。第二学年では、「教育学」「応用心理学」「日本教育学」「西洋哲学史」の四教科目が80点を超え、「西洋倫理史」は91点だった。第三学年では、90点台が「日本倫理史」「倫理学」「社会学」「西洋歴史」「社会政策」の五教科目、80点台が「国民道徳」「実地授業」「教育行政」「日本仏教学」「行政法総論」「国際法」「英語」の七教科目である。

サイチンガの成績に関して一つ指摘しておきたいことがある。サイチンガは初年度に欠席が多く、第一学年の授業総時間数が八六二時間のうち一〇〇時間の欠席となっていた。これは前述の結核の治療のためではないかと考えられる。

いずれにせよ、サイチンガの三年間の成績を比較してみれば、彼が勉学の成果を確実に上げていったことが明らかである。

2　三木春雄教授の影響

サイチンガは一九五三年に留学時代を回想して、「東洋大学で精神教育を受け、心はすべてに勝つと思うようになり、『心の友』（詩集）と『心の光』（編訳書）を書いた」[3]と述べていた。彼がどの教授にどのような薫陶を受けたのかがわかれば、サイチンガの成長過程が見えてくるだろう。

三木春雄教授

東洋大学に保管されているサイチンガの「試験採点表」で現物が確認できるのは、第一学年のみで、しかも完全ではない。次表はサイチンガが一年次に履修した教科目とその担当教員の名前である。

表12　教科目と担当教員

教科目	担当教員
西洋倫理史	馬場文翁
教育史	諸戸素純
日本精神史	宮西一積
東洋哲学史	鈴木直治
日本史	藤原猶雪
憲法	早川清
英語	三木春雄
教育学	吉田熊次
心理学	高島平三郎
哲学概論	齋藤晌
西洋哲学史	橘高倫一
経済学願論	石川義昌
民法総則	真田幸雄
英語	廣井辰太郎

教師陣の経歴と研究業績からは当時の日本でその名が知られた研究者、学者が多くみられる。なかでも「心理学」担当の高島平三郎教授は体育学・児童心理学者であり、戦時中、第一三代東洋大学学長（在任期間一九四四・十一〜一九四五・七）となり、「一九四五年四月一四日に大空襲による被害、（中略）など非常事態に対し、病床にありながら最善を尽くした」(4)人物である。「日本史」担当の藤原猶雪教授は仏教学者であり、終戦後、第一五代学

長（在任期間一九四六・十一～一九四八・三）となり、「新制大学の発足に尽力するとともに、東洋大学再建協議会を招集して再建に努めた」[5]人物である。

教員の思想、学問、人徳などが学生に影響を与えることは言うまでもない。筆者はサイチンガの在学中に最も影響を与えた教員の一人は英語担当の三木春雄教授だと考えている。まず三木春雄教授の経歴と著作を紹介したい。

三木春雄は日本の大正時代と昭和時代に活躍した英文学者である。彼は一八八四年七月四日、徳島県に生まれ、一九〇九年に早稲田大学英文科を卒業した後、弘前中学校、宇都宮高等農業専門学校の英語教師を務めた。一九二一年より二年間、警視庁に入庁し、保安課脚本係長を務めた後、一九二六年に東洋大学の教員となった。以降、実践女専、日本ルーテル（神学）大学、日本大学、二松学舎大学の教授を歴任し、一九七三年三月十三日に逝去した。

著作および翻訳に『趣味の英文学　史的講和』（桜木書房）、『脚本商売其他』（英文学シリーズ第二巻、光学堂、一九三〇年）、『文芸を語る』（雄文閣、一九三一年）、『タゴール短編集』（英文訳注叢書第四七篇、外國語研究社、一九三二年）、『大東亞の一翼　印度短篇創作集』（タゴール著、日大堂書店、一九四三年）、『若草物語』（南雲堂、一九五二年）、『アメリカ文学』（アメリカ文学叢書二、日本学芸社、一九四七年）などがある。島村抱月を手伝って、トルストイの『戦争と平和』の翻訳に参加したと言われているが、詳細は不明である。

サイチンガが三木春雄教授から強い影響を受けたと筆者が考える根拠として、サイチンガの後日の行動から、次の二つのことが指摘できる。

一つは、英語学習の大切さについてである。中国文化大革命で英語が「米英帝国主義の言語」と批判され、英語学習者は「スパイ」と疑われていた時期に、サイチンガは自宅で、「以前は少し勉強したが、それを忘れないように」と言いながら、英語の勉強を続けていた。サイチンガはさらに英語、中国語、モンゴル語、日本語の「言語特徴と翻訳特徴」(6)を研究するために、毛沢東の「人間の正しい思想はどこからくるのか」（「人的正确思想是从哪里来的」）を中国語、英語、モンゴル語、日本語の四つの言語で対照してノートに書き写し、準備していた。残念ながら、この研究は完成をみることなく、サイチンガは七カ月後に世を去った。

もう一つは、タゴールの影響についてである。これまでの研究で、サイチンガの文学作品がタゴールの影響を受けていることについては、多くの論者がすでに指摘してきたが、その経緯については明らかになっていなかった。

サイチンガに英語を教えていた三木春雄教授は、日本における代表的なタゴール研究者であり、タゴールの作品を日本語に翻訳し、対訳本を出版していた。仮説ではあるが、三木春雄教授が講義でタゴールの対訳本をテキストか参考書として利用していた可能性は高いと考えられる。またサイチンガが英語学習の際に、三木教授の対訳本を読んでいた可能性も否めない。これは、今後の研究で明らかにすべき課題である。

サイチンガが三木教授の翻訳作品を通して、タゴールの文学作品だけではなく、世界文学と出会った可能性は極めて高いと考えられる。

3　結語

サイチンガは一九二九年、十五歳で内モンゴル、チャハル地域の地元の小学校に入学し、一九三二年に卒業した。小学校の四年間では主に中国語を学びながら、儒教の「四書五経」を学習した。小学校を卒業した後、地元の役所の秘書や小学校の中国人教師の助手として勤めたこともあった。一九三六年、日本軍は内モンゴルの中部地域を占領し、張北県で青年学校を設立した。サイチンガは役所の命令を受け、その青年学校に入学し、翌年、徳王政権の官費留学生に選抜されて、日本に派遣された。最初は善隣高等商業学校特設予科で予備教育を受け、主に日本語を学習した。以上がサイチンガの東洋大学に入る前の経歴である。

当時、徳王政権は「モンゴル民族の復興は教育にあり」という方針の下に教育を極めて重視していた。そのため徳王は多くのモンゴル人の若者を日本の大学専門部と地方の師範学校に留学させていた。

一九三八年、東洋大学専門部倫理教育科に入学したサイチンガは二十四歳になっていたが、学歴は実質、小学校レベルであった。彼にとって外国の大学で勉強することは、並大抵のことではなかったと思われる。彼が東洋大学に入学したのは、「晩学にして速成を求める者」(7)を受け入れ、育成するという教育方針に魅かれたためであろう。サイチンガはまさしくこの方針を体現した人物であった。

東洋大学の教育理念と教育内容、そして教員の教授方法はサイチンガの「晩学速成」の達成に多大な影響を与えたと言えるだろう。

注

第Ⅰ部

（引用したモンゴル語の書物は書名のみ日本語訳を提示する）

（1）中国語では「駆除韃虜、回復中華」という。

（2）清王朝の時、ゴビ砂漠の北に住むモンゴルのハルハ部を「外モンゴル」と呼び、ゴビ砂漠の南に住むモンゴルのホルチン、カラチン、スニト、オルドスなど諸部とフルンボイルのバラガ、ブリアートとフフホトのトメトおよびチャハル八旗四牧群を「内モンゴル」と呼んだ。アルタイ山地域（現中国新疆ウイグル自治区とモンゴル国の西部）に住むオイラト諸部を「西モンゴル」と呼んだ。

（3）葛生能久「東亜先覚志士紀伝」（中巻）明治百年史叢書第23巻、黒龍会編、原書房、昭和四一年六月二十日、三二七～三二八頁。

（4）現内モンゴル自治区シリンゴルアイマグ・ショローンフフホショー・ザガスティソム・アラタンシレートガチャー。佐とは旗の下の行政区画で、現代の漢語では蘇木と転写する。

（5）両親が当時のモンゴル社会の習慣によって、生まれたばかりのサイチンガにラマ僧に名付けを頼んだ結果、ジャグプルブというチベット語の名前が付けられた。一九三〇年に結婚して、サイチンガという満州語の名前に改めさせた。その理由は夫人の祖父の名前と重なるところがあるからだった。一九四七年、サイチンガはモンゴル国（当時のモンゴル人民共和国）から帰ると、サインチョクトと言うモンゴル語名に変えた。そのため、以前のサイチンガがなくなり、新しいNa・サインチョクトが誕生した。その「Na」は名字ではなく、同じ名前の人と区別する為に父親の名前の最初の字を名字のように使った。現在、内モンゴルではNa・サインチョクトと呼ぶことが一般的である。内モンゴルでは一三世紀から伝えられてきた名字があるが、使う人もいるし、使わない人もいる。サイチンガはチンギス・ハーンと同じ、キヤト・ボルジギン氏であるが、あまり使わなかった。サイチンガの日本語の表記は「サイチュンガー」「サイチュンガ」「セイチュンガ」「サイシュンガ」「サイチンガー」などがある。但し、ここではすべて「サイチンガ」に統一した。

（6）ɤo.čoyirabǰai「martaɤdasi ügei duratqal」、ünenči,gendüng,ɤaltad soduseč en, š.düngsig,to.soduseč en nayiraɤuluɤsan『möngke durasuɤdaqu na.sayinčoɤtu』(degedü)（『永遠のNa・サインチョクト』）、öbür mongɤul-un arad-un keblel-ün qoriy-a, 二〇〇三、二五

三頁。

（7）na.sayinčoɤtu「bey-e-ün teüke」, ü.način『na.sayinčoɤtu-yin tuqai sudulul—kümün jüi ba jangsil jüi-yin qaraɤan deki sin-e tayilul kiged sudulɤan-u toli』（『Na・サインチョクト研究－人類学と民俗学の視点における新しい解釈と辞典』）、ündüsüten-ü keblel-ün qoriy-a、二〇一一年、三二五頁。

（8）sayičungɤ-a『man-u mongɤul-un manduqu daɤun』（『我がモンゴルに栄光あれ』）、terigün noyan-u ordun-u bičig darumal-un ɤajar、一九四四年、一八頁。

（9）se.sarab「aɤuljalta」, ünenči,gendüng,ɤaltad sodusečen,š.düngsig,to.sodusečen nayiraɤuluɤsan『möngke durasuɤdaqu na.sayinčoɤtu』（degedü）（『永遠のNa・サインチョクト』）、öbür mongɤul-un arad-un keblel-ün qoriy-a. 二〇〇三年、五九頁。

（10）（13）チョルモン「モンゴル近代詩の誕生と未来—サイチンガの日本留学期における近代詩の創出と課題—」『江古田文学』、第七四号、二〇一〇年、二三一頁。

（11）（12）na.sayinčoɤtu「bey-e-yin teüke」、ü.način『na.sayinčoɤtu-yin tuqai sudulul—kümün jüi ba jangsil jüi-yin qaraɤan deki sin-e tayilul kiged sudulɤan-u toli』（『Na・サインチョクト研究－人類学と民俗学の視点における新しい解釈と辞典』）、ündüsüten-ü keblel-ün qoriy-a、二〇

一一、三三六頁

(14) 当時の内モンゴルでは「一夫多妻」が普通であった。第二夫人とは「指名結婚」である。指名結婚とは、当時モンゴル社会で存在していた特別な婚姻形式で、嫁は夫の家に行かず、実家に住むことになる。一九五〇年五月一日公布の中華人民共和国の「婚姻法」によって、第二夫人と離婚した。そして、第一夫人(子供なし)、第二夫人との間に生まれた息子、養女(サイチンガの姪)、養子(サイチンガの甥)と一緒に暮らした。

(15) na.sayinčoɣtu『teüke-yin öngerelte』(『自伝』)、一九五三年、手書き。

(16) チョルモン「モンゴル近代詩の誕生と未来—サイチンガの日本留学期における近代詩の創出と課題—」『江古田文学』第七四号、二〇一〇年、二三三頁

(17) 内モンゴル師範大学ボヤンバートル教授の調査資料。

(18) 内モンゴル自治区シリンゴル職業学院モンゴル文化研究所ケレイト・セレンナドミッドの調査資料。

(19) 徳王、即ちデムチェクドンロブ(徳穆楚克棟魯)というチベット語であり、「安康」と「成就」の二つの意味を合わせた名前である。一九〇二年二月、チャハルの白旗で生まれた。内モンゴルのシリンゴル盟西スニト・ホショーの王になった。一九二四年、シリンゴル盟の副

盟長。一九三四年四月、モンゴル地方政務委員会の秘書長。一九三六年五月、モンゴル軍政府総裁。一九三七年十一月、モンゴル連盟自治政府の副主席。一九三八年七月、同政府の主席。一九三九年九月、モンゴル連合政府の主席。一九四一年八月、蒙疆連合自治邦の主席。一九四三年三月、モンゴル自治邦の主席。一九四九年八月、モンゴル自治政府の主席。同年十二月、当時のモンゴル人民共和国の謀略により入国。一九五〇年二月、「過去、日本帝国を頼った。現在、又国民党（中国）、アメリカ帝国主義と共謀し、モンゴル人民共和国とソ連を転覆することを謀っている」という「罪状」で逮捕、投獄された。同年九月、中国に戦犯として引き渡された。一九六三年、特別釈放された後、内モンゴル文史館に勤め、回想録を書き始めた。一九六六年五月、フフホトで肝臓癌のため死去した。

　徳王は、サイチンガの人生に多大な影響を与えた人物である。小池秋羊の『遥かなるモンゴル』によれば、徳王はサイチンガを自分の息子のように愛護し、親しい関係を持っていた。サイチンガが徳王の教育担当秘書になったことが、のちの文化大革命で「罪状」がさらに重くなる要因の一つになった。

（20）『内蒙古之今昔』、譚惕吾著、三九頁。

（21）ラティモア『中国と私』磯野富士子編・訳、みすず書房、一九九二年九月、三四頁。

(22) モンゴル地域を回って高利貸など不法商売をする中国漢族の商人達のこと。
(23) 一九三七年五月、徳王が院長に就き、徳化に初めて設立。モンゴル連盟自治政府の最高学府。
(24) (25)「モンゴル学院成立周年特刊」、三六四頁。
(26) 正式名称はチャハル盟立青年学校。一般的には張北青年学校と呼ぶ。徳王が建てた最初の学校。当時、チャハル盟の副盟長テムルボルドが校長であった。学生の定員は三〇〇人、学制は三年。甲、乙二つのクラスがあり、モンゴル語、日本語、数学、社会常識などの基礎科目を主に教えていた。その他に軍事訓練もしていた。一九三九年、「官立徳化蒙古中学校」となり、女子部を増設した。また一九四〇年、アバガ分校を増設した。一九四一年、「官立徳化興蒙牧業中学校」となり、中学校の基礎科目を教えるだけではなく、印刷技術や皮革加工技術も教えるようになった。一九四五年の夏、学校はチャハルのミンガン・ホショー(明安旗)のドヨン・ハイルハンに移ったが、終戦によって解散した。
　この学校は九年の短い期間にチャハル地域の七〇〇人以上の若者に近代文化と民族特性、地域特性に合った産業技術を初めて教えた。この学校からサイチンガを含め、二〇数名が日本に留学した。卒業生の中からその後の内モンゴル文化人が多数輩出した。

(27)(28)『チャハル盟立モンゴル青年学校用教科書』、チャハル盟立モンゴル青年学校印刷。一九三六年、一頁。

(29) na.sayinčoɣtu『teüke-yin önggerelte』(『自伝』)、一九五二年、手書き。

(30) サイチンガとほぼ同時期に来日したハンギン・ゴンブジャブは、東京でサイチンガと別れ、北海道に向かう際、サイチンガは彼に『青史演義』を持たせ、必ず読むように勧めた。ハンギン・ゴンブジャブは北海道大学卒業後、徳王の政治秘書となり、終戦後アメリカにわたり、のちにインディアナ大学の教授となった。彼は『青史演義』の研究により博士号を取得した。

(31)『チャハル盟立モンゴル青年学校用教科書』、チャハル盟立モンゴル青年学校印刷。一九三六年、一頁。

(32) sayičungɣ-a『elesü mangqan-u eke nutuɣ』(『沙原・我が故郷』)、terigün noyan-u ordun-u niɣtalan naribčilaqu ger-ün darumal-un ɣajar、一九四一年、一八九頁。

(33) 徳王は若い官僚を留学生として直接派遣したことがあった。今回は初めて試験によって選抜し、政府「官費」留学生として送ることにした。

(34) 選抜試験でこの学校からは五人が選ばれたが、経費不足によりサイチンガら三人が翌年の四月に日本へ留学して、二名は二年後、日本へ留学した。この二名は翌年一年間は当時の満州国に留学し、修了後に日本へ留学した。
（35）森久男訳『徳王自伝』、岩波書店、一九九四年、二〇四頁。
（36）チャハル青年学校からサイチンガら三名、他所から七名、計一〇名が一緒に来日した。
（37）（38）（39）（40）『善隣学園史物語』、善隣同窓会編、一九八五年六月二十二日。一二頁、六六頁、一〇二頁、一二九頁、一三六頁。
（41）これが三回目の合宿であり、当時の満州国大使館の協力により静岡県の清見寺に行った。毎日の活動内容は大体次の通りである。朝四時三〇分起床、仏殿で『般若心経』の読経と座禅。続いて『般若心経』『観音経』『白隠禅師座禅和讃』『座禅儀』『四弘誓願』などについて「老師」の法話。そして寺の掃除をして、食前の『食事文』を読み、食器の音を立てず、雑談をせず、「喫茶喫飯是仏法」であることを体験する。その後、職員の指導の下で日本語、英語、モンゴル史などを二時間学習。午前一〇時から一一時三〇分、午後一時三〇分から三時まで海水浴。その他に地方の工場見学や登山、遠足などもあった。
（42）『心の友』、第四節の「太平洋の海岸で」という詩より選訳。
（43）『sin-e mongɤul』（『新モンゴル』）、第一期、留日モンゴル同郷会の副会長ハーフンガの祝辞より、四頁。ハーフンガは内モンゴルに帰った後、一九四七年五月、内モンゴル自治区が成立すると副主席になったが、文化大革命の時、迫害を受けて死亡。
(44)「研究」「歴史」「地理」「文学」「常識」「児童読物」などの専欄がある。
(45)『sin-e mongɣul』(『新モンゴル』)、第一期、一六頁、翻訳者の説明文。
(46)『近代蒙古史研究』、弘文堂書房、大正一四年六月二十五日印刷、同年七月一日発行。昭和一三年九月五日四版。
(47)翻訳者の説明文。『新モンゴル』、第一期、一六頁。
(48)現在、東洋大学に保管されている、当時の善隣高等商業学校から東洋大学に提出された「証明書」(一九三八年三月十日付け)によると、同学校の卒業成績はモンゴル人留学生二三人中二番目であり、その人物評価については「温厚誠実、言語明晰、態度端正、勤勉」とあり、またその思想、信仰については「穏健、仏教」とある。人物総評は「優」となっている。
(49)na.sayinčoɣtu『teüke-yin öngerelte』(『自伝』)、一九五三年、手書き。
(50)チョルモン「モンゴル近代詩の誕生と未来―サイチンガの日本留学期における近代詩の創出と課題―」『江古田文学』第七四号、二〇一〇年、二八六頁。
(51)ザンバー(ǰamba)、沙漠地帯に育つ細い柳を編んで作った籬(まがき)。高さ一、三メートル程度、長さ七~一〇メートル程度。家畜(主に羊、山羊)の囲いとして使う。利用できる期間は柳の質と編む人の技術による。一般的には五年から七年ほど使うことができる。

(52)『キング』(月刊)、大日本雄弁会講談社編、大正一四年一月創刊。昭和一八年『富士』と改題したが、昭和二一年一月に『キング』に戻った。

(53)『日本モンゴル学会紀要』第三四号、二〇〇四年、四四頁。

(54) ü.način『na.sayinčoɤtu-yin tuqai sudulul—kümün jüi ba jangsil jüi-yin qaraɤan deki sin-e tayilul kiged sudulɤan-u toli』(『Na・サインチョクト研究―人類学と民俗学の視点における新しい解釈と辞典』)、ündüsüten-ü keblel-ün qoriy-a, 二〇一一年、七六頁。

(55) sayičungɤ-a「elesü mangqan-u eke nutuɤ」(『沙原・我が故郷』)、terigün noyan-u ordun-u niɤtalan naribčilaqu ger-ün darumal-un ɤajar, 一九四一年。

(56)『フロント創刊号(一・二合併号)日本海軍号』、東方社、一九四二年。この雑誌は当時、陸軍大佐山岡道武の打診により、岡田桑三が宣伝機関として創立した東方社より出版された。創刊号の「海軍号」は日本語版のほかに一五カ国語に翻訳、出版された。日本語版の正確なタイトルは『大東亜建設画報―亜細亜の護り 帝国海軍―』。モンゴル語版のタイトルは正確には『FRONT nibfun-u dalai-yin čerig-ün debter』。

(57)(58) na.sayinčoɤtu『teüke-yin önggerelte』(『自伝』)、一九五三年、手書き。

(59) 東洋大学の『校友会報』第一八一号に掲載されたテレングト・アイトル氏の翻訳を引用。
(60) 内田孝「サイチンガの一九四五年以前の翻訳活動」『内モンゴル大学学報』(哲学社会科学)、二〇一七年第五期、一六頁。
(61)『蒙古』第九九号、昭和一五年八月。
(62) čimedbalǰur「qamtu surulɤatan na.sayinčoɤtu ben mörügedkü ni」(čimedbalǰur 氏はサイチンガの後輩、当時の長野師範学校の卒業生)。H.buyanbatu『na.sayinčoɤtu-yin oyilaburi』(『Na・サインチョクト論』、öbür mongɤul-un arad-un keblel-ün qoriy-a, 一九八七、三三〇頁。
(63)「徳王の〝団欒〟蒙古留学生の寮に」『朝日新聞』一九三八年一〇月二十二日。
(64)「徳王、留学生を激励」『読売新聞』一九四一年二月二十三日。
(65)『蒙彊新聞』(華文版)一九四一年三月十六日。
(66) サイチンガの履修科目とその成績については、本書の第Ⅲ部に収めた。
(67) ハンギン・ゴンブジャブ『ハンギン回想録』(日本語)、手書き、一九八二年。
(68)『蒙彊新聞』(華文版)の一九四二年一月十六日の「首次蒙古留日学生　現既学成帰国　分別派往練習箇所服務」という記事によれば、帰国者九名であり、彼らの研修先は以下の通りである。主席府秘書処にサイチンガ(東洋大学倫理教育科)。興蒙委員会教育処にハンギン・ゴンブジャブ（北海道帝国大学農林実科）、ソドナムユンレン（北海道帝国大学農学部実科）、ヨンダンジャムス（北海道帝国大学農学部実科）、フフバータル（北海道帝国大学農学部実科）、ラシジュンネ（北海道帝国大学土木専門部）の五名。同委員会実業処にサインジヤ（麻布獣医専門学校）、デゲジラト（北海道帝国大学土木専門部）、ナスンブへ（北海道帝国大学農学部実科）の三名。

（69）h.buyanbatu『na.sayinčoɤtu-yin oyilaburi』（『Na・サインチョクト論』、öbür monɤul-un arad-un keblel-ün qoriy-a, 一九八七年、二八〇頁。

（70）『建学の精神』、矢澤酉二　澤田進編集、社団法人日本私立大学連盟発行、一九八五年三月、二八七頁。

（71）s・sambuu,küčün『sayičungɤ-a』（『サイチンガ』、öbür mongɤul-un arad-un keblel-ün qoriy-a, 一九八七、六四〇頁。

（72）大橋忠一氏、外交官、元外務次官。一九四一年十二月、張家口に着き、徳王政府の最高顧問となった。

（73）「蒙古大草原に包の女学校―牛や羊を引連れて移動し行く学舎　溌剌と唄ふ乙女たち」、『朝日新聞』一九四二年六月十六日。

(74) na.sayinčoɣtu『teüke-yin önggerelte』(『自伝』)、一九五三年、手書き。
(75) 当時、モンゴル人は子どもに付けた名前がその子の人生を左右すると信じていたため、名前を付けることは非常に大切なこととされていた。生まれた子が一カ月になると僧侶(ラマ)に名前を依頼する。僧侶はその子の性別、誕生した日と時間、子の様子をよく聞き(僧侶を自宅に招くこともある)、最後にお経を唱えてから、名前を付けるが、付けられた名前の殆どは普通の牧民にはよく分からないチベット語だった。
(76) ブリンサイン(別名、ダミリンジャブ)「序言」原稿、手書き、一九八四年八月八日、七頁。
(77) この学校では、サイチンガ以外にハンギン・ゴンブジャブ、プンソンチョッワ、ラースルン、ダミリンジャブ(別名ブリンサイン)、オノン・ウルグンゲ、ドガルジャブら日本留学生も帰国後、教鞭をとったことがある。
(78)『我所知道的徳王和当時的内蒙古』(2)、札奇斯欽著、東京外国語大学アジア・アフリカ言語文化研究所、一九九三年、九六頁。
(79) チンギス・ハーンの実母
(80) h.buyanbatu『na.sayinčoɣtu-yin oyilaburi』(『Na・サインチョクト論』)、öbür mongɣul-un

arad-un keblel-ün qoriy-a, 一九八七、三五〇頁。

(81) 内モンゴルの歴史研究家であり、サイチンガの友人であるサイシャル氏は当時、その詩集の出版物を読んだことがあるとのことだが、未発見。

(82) sayičungγ-a「man-u mongγul-un manduqu daγun」(『我がモンゴルに栄光あれ』)、terigün noyan-u ordun-u darumal-un γaǰar, 一九四四、一頁。

(83) メイリン。清王朝の時、モンゴルのホショー(旗)官吏の称号。徳王は一九四三年正月、トゥワンゲゲン(活仏)の四〇歳の式典でこの称号をサイチンガに与えた。

(84)『蒙疆新聞』(華文版)、一九四二年七月三日。

(85) h.buyanbatu『na.sayinčoγtu-yin oyilaburi』(『Na・サインチョクト論』)、öbür mongγul-un arad-un keblel-ün qoriy-a, 一九八七、三五三頁。

(86) na.sayinčoγtu『teüke-yin öngerelte』(『自伝』)、一九五三年、手書き。

(87) 徳王政権の最高学府。一九四一年、張家口に創設。予科、本科、師範科と附属小学校があった。純モンゴル人の学校である。

(88) 一九四一年、張家口に創設された元留日予備学校、一九四三年に蒙古高等学院と改称された。純モンゴル人の学校である。徳王は「興蒙学院」と「蒙古高等学院」を基にして「モンゴル大学」をつくる計画を持っていたが、終戦により実現しなかった。「興蒙学院」と「蒙古高等学院」も終戦とともに廃校となった。

(89) オボー祭はモンゴル民族の伝統的な祭の一つである。オボーとは、山上、あるいは川辺に石か木で作った塚。最初はシャーマニズムの行事であったが仏教伝来後は次第に仏教の行事になった。主に雨が降ることを祈る。地域により、肉類か乳類、あるいは両方を供品にする。祭の時、相撲、競馬、弓などの娯楽活動も行われる。

(90) フルネームはオノン・ウルグンゲ。一九一九年に内モンゴルのフルンボイル草原に生れた。一九四一年に日本へ留学し、一九四四年に東洋大学を卒業。帰国後、徳王の故郷にあった「家政女子実践学校」で教師となる。終戦後、一九四八年にアメリカに渡り、ジョンズ・ホプキンス大学でモンゴル研究者オーエン・ラティモアの指導の下で学んだ。一九六三年、英国に渡り、ケンブリッジ大学モンゴル内陸アジア研究所に勤務。彼の『わが少年時代のモンゴル』の日本語訳が学生社から出版された。徳王がオーエン・ラティモアに二人の学者の育成を依頼し、オノン・ウルグンゲとハンギン・ゴンブジャブをアメリカに行かせたと言われている。

(91) 司馬遼太郎:『草原の記』の主人公B・ツェベクマの夫。

(92) na.sayinčoγtu『teüke-yin önggerelte』(『自伝』)、一九五三年、手書き。

(93) この二つの会議にはサイチンガを含む一一人のモンゴル人留学生が参加した。五月の会議では全モンゴルを統一する組織を創ることを検討して、六月の会議では当時のモンゴル人民共和国(現モンゴル国)の青年と連絡することで合意した。さらにサイチンガたち四人をモンゴル国に派遣することを決めた。サイチンガは同年七月、夏休みで故郷に帰ったがモンゴル国に行くことを止め、東京に戻った。

(94)(95)「日本の敗戦と徳王」ハンギン・ゴンブジャブ(談)、磯野富士子(記)。月刊『シルクロード』一九七七年七月号(第三巻第六号)。

(96)(97) na.sayinčoɤtu『teüke-yin önggerelte』(『自伝』)、一九五三年、手書き。

(98) 日本語では「共産党大学」「スフバートル党校」「党の新戦力大学」などと訳されている。本書ではサイチンガの中国語訳をそのまま使った。

(99) 一九九六年六月九日、サイチンガの同級生であるダシデンデブ(当時八十五歳、モンゴル国の作家、ジャーナリスト)にインタビュー。

(100) h.buyanbatu『na.sayinčoɤtu-yin oyilaburi』(『Na・サインチョクト論』、öbür mongɤul-un arad-un keblel-ün qoriy-a, 一九八七年、三三八頁。

(101) Ts・ダムディンスレン(一九〇七〈八〉~八六)元モンゴル人民共和国科学アカデミー

言語文学所長、博士、教授、キリル文字をモンゴルに導入した中心人物で、著名な作家でもあり、モンゴル人民共和国の最初の「人民の作家」称号を授与された。一九八八年、ウランバートルで「Ts・ダムディンスレンのゲル博物館」が設立された。モンゴル語、チベット語の仏教経典が数多く所蔵されている。

(102) そのサイチンガの手紙は現在モンゴル国ウランバートルの「Ts・ダムディンスレンのゲル博物館」に保存されている。また、一九九六年四月に発行された『モンゴル文学全集』第一七巻に収録されている(四八〜四九頁)。

(103) do.čedüb.gereljab『na.sayincoɣtu-yin mongɣul ulus-tu bayiɣsan "ɣar debter"-ün silüg-üd(Na・サインチョクトがモンゴル国にいた時の「手書き本」詩集』、öbür mongɣul-un arad-un keblel-ün qoriy-a. 1999

(104) na.sayinčoɣtu『teüke-yin önggerelte』(『自伝』)、一九五三年、手書き。

(105) D・ナツァグドルジ(一九〇六〜一九三七)、詩人、作家。彼の代表作の一つである「我が故郷」という詩はモンゴルの人々に愛誦されてきた。

(106) 蓮見治雄　杉山晃造著『図説モンゴルの遊牧民』、新人物往来社、一九九三年三月十日、六頁。

(107) 内モンゴルからはサイチンガを含む一三人がこの学校に留学していたが、留学中に一人が逮捕され、卒業できなかった。また一人が内務省に秘密裡に逮捕されたが、一週間後に釈放された。彼らを逮捕した理由は主に日本と関係があると疑われたためといわれているが、詳細は不明。今後の調査に委ねる。さらに卒業後、二人が逮捕され、そのうち一人は銃殺された。その人物は徳王の長男ドガルスルン氏であった。当時のモンゴル人民共和国は徳王の子どもたちに非情な対応を取った。徳王はこうした処断に強い不満をもっていた(『徳穆楚克棟魯普自述』内蒙古文史資料、第一三輯、二〇九頁。

(108) 郝維民主編『内蒙古自治区史』、内蒙古大学出版社、一九九一年六月、三頁。

(109) ウラーンフ(一九〇八〜一九八八)、内モンゴルのトメト・ホショー出身。一九二四年北京の蒙蔵学校で中国共産党に入党。内モンゴル自治区の初代主席。一九六六年前門飯店会議で失脚。文化大革命後、全国人民代表大会副委員長、国家副主席になり、一九八八年突然病死。

(110) マルクス　エンゲルス著、大内兵衛ら共訳『共産党宣言』、岩波文庫、六六頁。

(111) サイチンガの『学習ノート』、一九四八年六月三日。

(112) サイチンガの日記、一九五八年十月八日、十日。

(113) サイチンガは中国共産党に入るために、一九五〇年九月二十四日、最初の入党願いを書き、一九五九年五月十三日、正式に中国共産党に入党許可を得るまでに願書を二〇回出した。入党紹介者は著名な作家マルチンフとイデシンである。

(114) 内モンゴル大学档案室に保管されている「内蒙古大学文芸研究班学員状況登記表」によるとモンへボヤン（文芸評論家、A・オドセル（小説家）、B・ブリンブへ（詩人）、マルチンフ（小説家）、ウランバガナ（小説家）、ダムリン（作家）、地方の政府職員ら二人。その地方の二人と詩人B・ブリンブへ、小説家ウランバガナに卒業証書が渡されたようだ。また参加者人数と卒業できなかった理由などについては、更に研究調査が必要。

(115) 華北とは北京市、天津市、河北省、山西省と内モンゴル地域を指す。

(116) 当時のウラーンフの職務：中国共産党中央委員会政治局候補委員、国務院副主席、国家民族事務委員会主任、中国共産党華北局第二書記、内モンゴル自治区第一書記、内モンゴル自治区人民委員会（人民政府）の主席、政治協商会議内モンゴル自治区第三届委員会の主席、内モンゴル軍区（当時全国に一三大軍区の一つであった）政委兼司令官、内モンゴル大学の学長。

(117) 詳しいことは『康生与「内人党」冤案』を参照。トゥムン、祝東力共著、中共中央党校出版社、一九九五年十二月。

(118) 楊海英篇『モンゴル人ジェノサイドに関する基礎資料―民族自決と民族問題』（七）、風響社、二〇一五年、七二七〜七二八頁。また、「批判文」の日本語訳の一部は、楊海英の「資料解説―中国を祖国と見做さなかった親日反漢の詩人」から引用した。五六〜五八頁。

(119) badmaǰab「qayiratu abaɣ-a-ban qamuɣ segülči-yin udaɣ-a ergigsen ni」、ünenči,gendüng,ɣaltad sodusečen,š.düngsig,to.sodusečen nayiraɣuluɣsan『möngke durasuɣdaqu na.sayinčoɣtu』(degedü)(『永遠のNa・サインチョクト』)、öbür mongɣul-un arad-un keblel-ün qoriy-a,2003、二七三頁。

(120) チョルモン「モンゴル近代史の誕生と未来―サイチンガの日本留学期における近代詩の創出と課題」、『江古田文学』、二〇一〇年、七四号、二七九頁。

(121) čindamuni「silɣaraɣsan silügči na.sayinčoɣtu ɣuwai-ača surulčay-a」、ünenči,gendüng,ɣaltad sodusečen,š.düngsig,to.sodusečen nayiraɣuluɣsan『möngke durasuɣdaqu na.sayinčoɣtu』(degedü)(『永遠のNa・サインチョクト』)、öbür mongɣul-un arad-un keblel-ün qoriy-a,2003、一四〜一五頁。

(122) malčinküü:『malčin-u dumdaki silügčin ,silügčin-u dumdaki malčin』、h.buyanbatu『na.sayinčoɣtu-yin oyilaburi』(『Na・サインチョクト論』、öbür mongɣul-un arad-un keblel-ün qoriy-a, 1987、二七二頁。

第Ⅱ部

（1）sayičungɤ-a『elesü mangqan-u eke nutuɤ』（『沙原・我が故郷』）、terigün noyan-u ordun-u niɤtalan naribčilaqu ger-ün darumal-un ɤaǰar. 一九四一年、二頁。

（2）ragisürüng. čeberqas『sayičungɤ-a sudulul』（『サイチンガ研究』）、内モンゴル文化出版社、二〇〇三年、一〇〇頁。

（3）ü・šurɤar-a「sayičungɤ-a bolun『elesü maqan-u eke nutuɤ』」「サイチンガと『沙原・我が故郷』」、『na.sayinčoɤtu sudulul-un songɤumal ügülel』（上）、内モンゴル人民出版社、二〇〇三年、六五四頁。

（4）同（1）一頁。

（5）同（1）、一頁。

（6）同（1）、三頁。

（7）s. sambuu. hüčün『sayičungɤ-a』（『サイチンガ』）という作品集は、『沙原・我が故郷』以外、『心の友』（詩集）、『我がモンゴルに栄光があれ』（散文集）、『心の光』（翻訳・編集）、『家政興隆書』（テクスト）、「六盤山」（散文）と一九四七年当時のモンゴル人民共和国から内モンゴルに帰るまでに書いた数篇の詩で構成されている。

(8) 同上、七五〇頁、七六四頁。

(9) 同上、七六三頁。

(10) 同上、七六三頁。

(11) 同上、七六六頁。

(12)『Na・サインチョクト全集』(第八巻)、内モンゴル人民出版社、一九九九年、五四三頁。

(13) 同上、第一巻、一頁。

(14) 同上、第八巻、五四三頁。

(15) 同上、第八巻、五四四頁。

(16) 同上、第八巻、五四五頁。

(17) 同上、第八巻、五四三頁。

(18) 同上、第八巻、五四六頁。

(19)『蒙彊新報』(華文版)、成紀七三六年(一九四一年)十一月八日。

(20) 小長谷有紀「チンギス・ハーン崇拝の近代的起源―日本とモンゴルの応答関係から」、『国立民族学博物館研究報告』、三七巻四号、二〇一三年、四四〇頁。

(21) 小長谷有紀「チンギス・ハーン崇拝の近代的起源―日本とモンゴルの応答関係から」、『国立民族学博物館研究報告』、三七巻四号、二〇一三年、四四二頁。
(22) 司馬遼太郎の『草原の記』の主人公B・ツェベクマの夫。当時は内モンゴル大学の教員。
(23) 内モンゴル社会科学院編『中国モンゴル学』(モンゴル語)、二〇一四年六月号、六九〜八三頁。
(24)『altan tülkigür』誌、二〇一四年五月号、四頁。
(25)『mongke durasuɤdaqu na.sayinčoɤtu』(degedü)、öbür mongɤul-un arad-un keblel-ün qoriy-a、二〇〇三年、四九八頁。
(26)『altan tülkigür』誌、二〇一四年五月号、一〇頁。

第Ⅲ部

(1) 東洋大学専門部学籍簿を参照のこと。
(2) 筆者による小林英洲氏のインタビュー、二〇一六年六月十日、福岡県延岡市。
(3) na. sayinčoɤtu『teüke-yin önggerelte』(『自伝』)、一九五三年、手書き。

（4）『東洋大学校友会100周年記念誌』、東洋大学校友会、一九九四年、三〇五頁。
（5）同上。
（6）サイチンガ日記、一九七二年九月二十二日。
（7）同五、三三二頁。

付録1：サイチンガ年表

一九一四年二月二十三日　内モンゴルのチャハル・ナイマン・ホショー（察哈爾八旗）グルフフ・ホショー（正藍旗）の牧民ナスンテルゲルの次男として生れる。幼名、zaɣpürbü（ザグプルブ）。

一九二六年（十二歳）　ソム役所の官吏の小間使いとなり、彼からモンゴル語を学習した。

一九二九年（十五歳）　三月　グルフフ・ホショー小学校（官立）に入学。

一九三〇年（十六歳）　第一夫人と第二夫人と結婚。sayičungɣ-a（サイチンガ）と改名。

一九三二年（十八歳）　十月　グルフフ・ホショー小学校を卒業。

一九三三年（十九歳）　グルフフ・ホショー政府の文書官となる。

一九三四年（二十歳）　病気のため一年休職。

一九三五年（二十一歳）　五月　グルフフ・ホショー小学校の教師の助手（通訳）。

一九三六年（二十二歳）　三月　チャハル青年学校に入学。

一九三七年（二十三歳）　四月　日本の善隣高等商業学校特設予科に入学。

十一月《清見寺における生活》を発表。サイチンガが正式に発表した最初の作品。

一九三八年（二十四歳）　四月　東洋大学専門部倫理教育科に入学。

五月　第一回十一人の留学生密会で全モンゴルを統一する旨の決定。

六月　第二回十一人の留学生密会で四人が選ばれてモンゴル国へ行くことになったが、実現しなかった。

七月　第一回目の帰省。病気のため原級。

一九三九年（二十五歳）　ブヘヒシゲの「モンゴル文学会」に入会。モンゴル語雑誌『丙寅』に文学作品を発表。

一九四〇年（二十六歳）　七月十一日　第二回目の帰省。東京駅から故郷へ出発。

九月二日　東京に戻る。日記体散文集『沙原・我が故郷』を書く。

一九四一年（二十七歳）　一月十三日　『青旗』紙第二号に、同刊への創刊祝詞「若者の善と悪の道」という「格形式」詩を発表。
二月十九日　「徳王訪日中の蒙疆留学生座談会」に参加し、モンゴルのラマ教における問題点と改善について発言した。
六月　『フロント』や「宣伝材料」の翻訳。
十一月　『沙原・我が故郷』（日記体散文）出版。
同年　十二月二十七日　東洋大学を繰り上げ卒業。
『心の友』（詩集）出版。『新モンゴル』誌の編集に参加し、創刊に携わる。
一九四二年（二十八歳）　一～三月まで徳王の秘書となる。
一月十三日　主席府秘書処で研修。『家庭興隆之書』を書く。
四月　徳王の故郷西スニトにあった「家政女子実践学校」の教師となる。
六月十六日　『朝日新聞』の「蒙古大草原に包の女学校―牛や羊を引連れて移動し行く学舍」という記事にサイチンガが登場する。

同年　七月一日　蒙古留日同学会が設立され、幹事となる。
同年　十月『家庭興隆之書』（テキスト）出版。
一九四四年（三十歳）『心の光』（翻訳、編集）、『フロント』（翻訳）出版。
『進む・臼をつく音』（詩集）を書き始める、出版中散失。
四月『我がモンゴルに栄光あれ』（書簡体散文集）出版。
十二月　転勤。
一九四五年（三十一歳）一〜三月　徳王の秘書となる。
一月　蒙古留日同学会の機関誌『復興のモンゴル』誌を創刊。
サイチンガらが編集したと考えられる。
四月　徳王政府興蒙委員会編集審査室に転属。
四〜八月『教育方法』（テキスト）の執筆。
七月　徳王の故郷の公邸で十二人の密会、「モンゴル青年党」結党。
八〜九月　チャハル・アイマグ副長（副盟長）。
九月　モンゴル国の首府ウランバートルに着く。
十一月十一日　モンゴル国「スフバートル高等幹部学校」に編入学。

一九四六年（三十二歳）「ウランバートル」「自由」などの詩を書く。

一九四七年（三十三歳）七月　スフバートル高等幹部学校卆業。

十一月　内モンゴルのウランホトに戻る。サインチョクトと改名させられた。

十二月　内モンゴル日報社に就職。名詩「沙原・我が故郷」を発表。

一九四九年（三十五歳）中華人民共和国成立。詩「湧き上がる喜び」を発表。

一九五〇年（三十六歳）五月　『迷信に迷わされない』（独幕話劇）出版。

八月　内モンゴル人民政府文化教育部編訳処に転勤
九月二十四日　中国共産党に最初の入党願いを出す。一九五九年五月十三日の正式入党までに二十回の願書を出した。

同月　『人民の識字書』（テキスト）出版。

一九五一年（三十七歳）六月　内モンゴル人民出版社に転勤。第二夫人と離婚。

一九五三年（三十九歳）八月　共産党内モンゴル・綏遠分局宣伝部文芸処に転勤。

一九五四年（四十歳）三月　『モンゴル国芸術団随行記』（散文集）出版。

名詩「青い絹のテルリグ」を発表。

一九五五年（四十一歳）　二月　『私達の雄壮な叫び』（詩集）出版。
同年　内モンゴル文学芸術者連合会に転勤。
『内モンゴル文学』誌編集長になる。
一九五六年（四十二歳）　二月三日　毛沢東と面会。
同月　中国作家協会理事。
八月　『諺』（共著）出版。
九月　『春の太陽が北京に昇る』（中編小説）出版。
十二月　中国作家協会内モンゴル分会主席。
同年　『幸福と友情』（詩集）が中国語に翻訳、出版される。
一九五七年（四十三歳）　二月　『私達の雄壮な叫び』（詩集）がモンゴル国で出版される。
六月　中国文化代表団の一員としてネパール王国を訪問。
一九五八年（四十四歳）　初　中国共産党の予備党員になる。
六月　シリンゴル・アイマグ東ウジムチンで田舎の生活。
十月　ソ連タシケントで「アジア・アフリカ作家会議」に参加。アジア・アフリカ作家常設事務局中国連絡委員会委員となる。

同年　十一月　『李有才板話』（翻訳）出版。

一九五九年（四十五歳）『春の太陽がウジムチン草原を照らす』（中国語訳）出版。

二月　『アロル・ゴア』（現代語訳）出版。

五月十三日　ショロンフフ（グルフフ）・ホショーの故郷で中国共産党の正式党員になる。

同年　八月　『金色の橋』（詩集）出版。名詩「『喜びの歌』を発表。

一九六〇年（四十六歳）『合作社が成り立った』（合作社史）出版。

六月　『喜びの歌』（長詩）が単行本出版される。

同年春　同月　『喜びの歌』（長詩）中国語訳出版

ショロンフフ（グルフフ）・ホショーからフフホトに戻る。内モンゴル文学芸術者連合会副主席、内モンゴル作家協会主席に就任。

一九六一年（四十七歳）十月　内モンゴル大学文学研究班（一班）で学習。『若者』出版。

内モンゴル作家協会に勤務しながら、詩や漫才及び論説を書く。また文学の座談会を主催。

一九六二年（四十八歳）六月　『藍旗散歌』（詩集）出版。詩や翻訳作品を数多く発表した。

地方の若い文学者の短期研修で講師をつとめる。

一九六三年（四十九歳）　六月　『赤い滝』（詩集）中国語訳出版

一九六四年（五十歳）　包頭とオルドスなどの地方に行き、生活体験しながら創作活動を行った。『笛の調べ』（詩集）中国語訳出版。

一九六五年（五十一歳）　九月　内モンゴル大学で文芸整風運動に参加し、批判され始める。
七月　内モンゴル大学文学研究班を終了したが、卒業できなかった。
更に激しく批判され、文学創作が中断された。
十月　イヘジョー・アイマグに行き、政治運動に参加させられる。

一九六六年（五十二歳）　一月　「共産主義戦士王傑」という歌詞が、『ウニル・ツェツェグ』誌に掲載された。この歌詞がサイチンガの最後に発表した作品となった。
九月　フフホトに戻ると内モンゴル文学芸術家連合会で批判される。

一九六七年（五十三歳）　一月　独房に拘禁される。
四月から強制労働につかされる。
十一月十五日　「文芸戦報」編集部が『呼三司』誌で「内モンゴル文

芸の黒線を徹底的に潰す－Na・サインチョクトを民衆に暴く」というタイトルの批判文を掲載。
十一月二十七日　『内モンゴル日報』が「反革命修正主義民族分裂主義の文芸黒線を徹底的に打ち潰そう」を発表し、サイチンガらを批判。

一九六八年（五十四歳）

三月二十八日　『内モンゴル日報』がサイチンガらを「祖国の裏切り者」、『ウニル・チチグ』誌と『草原』誌は「祖国を裏切り、外国と連絡を取る基地である」と批判。
七月　「群衆専政の地」で拘束され、拷問を受ける。
九月　中国作家協会が編集した『送瘟神――全国文芸界の一一一人のブラックリスト』（内部資料）にサイチンガの名前が記載され、「変節した売国奴であり、民族分裂主義者・大蒙奸・党内に紛れこんだ階級異分子」という「罪名」で全国で批判された。
十二月　『大批判』誌が、内モンゴルの作家たちの「毒草」とその「毒」の説明をつけて発表。二二一本の「毒草」のなかで、サイチンガの「ウランバートル」「富士山」等の作品が批判された。

一九六九年（五十五歳）　四月十八日　内モンゴル農学院の建物内に拘禁される。五月末　釈放。「労働改造」につかされる。

一九七〇年（五十六歳）　七月二十二日からバヤンノール・アイマグのバヤンホア生産建設兵団十一団七連で毎日、農場での重労働につかされる。

一九七一年（五十七歳）　七月二十四日　フフホトに戻る時、すでに病魔に襲われていた。

一九七二年（五十八歳）　十月二十三日　勤務先の同僚とジャガイモを運ぶ作業中、体調を崩し、労働力を完全喪失。その後、肉体労働は免除されたが、学習会や経歴の執筆は続けさせられた。

一九七三年（五十九歳）　一月二十日　内モンゴル病院に入院。三月五日、上海中山病院に転院。三月十五日、手術。五月十三日　胃ガンのため上海の病院で死去。

付録２：サイチンガ著作目録

1　『心の友』（詩集）　手書き謄写版・東京　一九四一年（主席府出版社、一九四二年）
2　『沙原・我が故郷』（日記体散文）　主席府出版社　一九四一年
3　『家政興隆書』（テキスト）　主席府出版社　一九四二年
4　『フロント』（翻訳）　東方社出版　一九四二年
5　『心の光』（金言集・編訳）　主席府出版社　一九四三年
6　『我がモンゴルに栄光あれ』（書簡体散文集）　主席府出版社　一九四四年
7　『進む・臼をつく音』（詩集）　を書き始める、出版中散失、一九四五年
8　『教育方法』（テキスト）　散失、一九四五年
9　『漢蒙対象辞典』（共編）、内モンゴル日報社、一九四八年
10　『迷信に迷わされない』（独幕話劇）　内モンゴル日報社出版　一九五〇年
11　毛沢東著『連合政府論』（翻訳）　内モンゴル自治区教育庁　一九五〇年
12　『牧民の識字書』（テキスト）　内モンゴル日報社出版　一九五〇年
13　スターリン著『民族問題とレーニン主義』（共訳）一九五三年

14 『諺選』（共編）、内モンゴル人民出版社　一九五四年
15 『モンゴル国芸術団随行記』（散文集）内モンゴル人民出版社　一九五四年
16 『私達の雄壮な叫び』（詩選）内モンゴル人民出版社　一九五五年
17 『幸福と友情』（詩集、中国語訳）作家出版社　一九五六年
18 『諺』（共著）内モンゴル人民出版社　一九五六年
19 『春の太陽が北京に昇る』（中編小説）内モンゴル人民出版社　一九五六年
20 『私達の雄壮な叫び』（詩選）モンゴル国家出版社　一九五七年
21 赵树理著『李有才板話』（翻訳）内モンゴル人民出版社　一九五八年
22 『春の太陽がウジムチイ草原を照らす』（中国語訳）作家出版社　一九五八年
23 『アロル・ゴア』（古文の現代語訳）内モンゴル人民出版社　一九五九年
24 『金色の橋』（詩集）内モンゴル人民出版社　一九五九年
25 『合作社が成り立った』（合作社史）内モンゴル人民出版社　一九五九年
26 『毛澤東詩詞二十一首』（共訳）内モンゴル人民出版社　一九五九年
27 『喜びの歌』（長詩）内モンゴル人民出版社　一九六〇年
28 『喜びの歌』（長詩、中国語訳）作家出版社　一九六〇年

29『若者』 内モンゴル人民出版社 一九六〇年
30『宝の話し』（漫才）、内モンゴル人民出版社 一九六一年
31『藍旗散歌』（詩集）内モンゴル人民出版社 一九六二年
32『赤い滝』（詩集、中国語訳） 内モンゴル人民出版社 一九六三年

付録3：参考文献

日本語

矢野 仁一著『近代蒙古史研究』 弘文堂書房 一九二五年
善隣協会調査部編『蒙古大観』 改造社 一九三八年
北支那経済通信社『北支・蒙彊年鑑』 一九三八年
北支那経済通信社『北支・蒙彊年鑑』 一九四〇年
宇野善蔵『蒙彊教育概要』、東亜同文書院大学東亜調査 一九三九年
蒙古聯合自治政府蒙彊学院『蒙彊学院便覧』 一九三八年
蒙彊新聞社『蒙彊年鑑』 一九四二年

蒙疆新聞社『蒙疆年鑑』一九四三年
岸田蒔夫著『五十年後の蒙古民族』巌松堂書店　一九四〇
米内山庸夫著『蒙古の理想』改造社　一九四二年
吉岡永美著『蒙古建設運動』善隣協会　一九四三
ゴビ沙漠学術探検隊編『ゴビの沙漠』目黒書店　一九四三年
蒙古自治邦政府蒙旗建設隊：『蒙旗建設現地仕事状況についての中間報告書』一九四二年、
『フロントー日本海軍号』（創刊号、１・２合併号）東方社　一九四二年
保田与重郎著『蒙疆』生活社　一九三八年。
善隣協会『蒙古』一九一五年～一九四五年
『蒙古法令輯覧』第一巻
黒龍会編『東亜先覚志士紀伝』（中巻）明治百年史叢書第23巻　原書房　一九六六年
らくだ会本部『思出の内蒙古―内蒙古回顧録』一九七五年
らくだ会本部『高原千里―内蒙古回顧録』一九八一年
善隣会編『善隣協会史―内蒙古における文化活動―』日本モンゴル協会　一九八一年
善隣同窓会編『善隣学園史物語』一九八五年

矢澤酉二　澤田進編集『建学の精神』社団法人日本私立大学連盟発行　一九八五年
春日行雄著『ウランバートルの灯みつめて五十年』モンゴル会　一九八八年
東洋大学創立一〇〇年史編纂委員会・東洋大学一〇〇年史編纂室『東洋大学百年史』資料編Ｉ（上・下）一九八八年
ラティモア著、磯野富士子編・訳『中国と私』みすず書房　一九九二年
森久男訳『徳王自伝』岩波書店　一九九四年
春日行雄著『日本とモンゴルの１００年―社団法人日本モンゴル協会理事長メモ』アジア博物館・モンゴル館　一九九三年
都竹武年雄（述）、小長谷有紀・原山煌・Philip Billingsleyhenn 編『善隣協会の日々―都竹武年雄氏談話記録』桃山学院大学総合研究所　二〇〇六年
内田知行・柴田善雅編『日本の蒙彊占領　１９３７―１９４５』研文出版　二〇〇七年
鈴木仁麗著『満洲国と内モンゴル―満蒙政策から興安省統治へ』明石書店　一九一二年
内田孝『近代内モンゴルにおける文学活動と表現意識―一九三一年〜一九四五年を中心として―』大阪大学大学院言語社会研究科博士論文　二〇〇八年
チョルモン『モンゴル近代詩の誕生と未来―サイチンガの日本留学期における近代詩の創出と

課題―』日本大学大学院芸術学研究科博士論文　二〇〇九年
テレングト・アイトル『詩的狂気の想像力と海の系譜―西洋から東洋へ　その伝播、受容と変容』現代図書　二〇一六年

中国語

『察哈爾教育』誌、第三期、民国24年（一九三三年）
蒙古学院『蒙古学院成立周年記念専刊』、一九三九年
札奇斯欽著『我所知道的徳王和当時的内蒙古』（一）、東京外国語大学アジア・アフリカ言語文化研究所、一九八五年
札奇斯欽著『我所知道的徳王和当時的内蒙古』（二）、東京外国語大学アジア・アフリカ言語文化研究所、一九九三年
蒙古族簡史編写組編、《蒙古族簡史》、内モンゴル人民出版社、一九八五年
『内蒙古文史資料』、第7、29輯、中国人民政治協商会議内蒙古自治区委員会文史資料研究委員会編
郝維民主編『内蒙古自治区史』、内モンゴル大学出版社、一九九一年

トゥムン　祝東力共著、『康生与「内人党」冤案』中共中央党校出版社、一九九五年

呼和浩特市政協文史学習委員会編『求学歳月—蒙古学院　蒙古中学校憶往』、二〇〇〇年

モンゴル語

ünenči,gendüng,ɤaltad sodusečen,š.düngsig,to.sodusečen nayiraɤuluɤsan『möngke durasuɤdaqu na.sayinčoɤtu』（degedü）（『永遠のNa・サインチョクト』）、öbür mongɤul-un arad-un keblel-ün qoriy-a,2003

ü.način『na.sayinčoɤtu-yin tuqai sudulul—kümün ǰüi ba ǰangsil ǰüi-yin qaraɤan deki sin-e tayilul kiged sudulɤan-u toli』（『Na・サインチョクト研究 - 人類学と民俗学の視点における新しい解釈と辞典』）、ündüsüten-ü keblel-ün qoriy-a, 2011

do.čedüb,gerelǰab nayiraɤuluɤsan『na.sayinčoɤtu-yin mongɤul ulus-tu bayiɤsan “ɤar debter” -ün silüg-üd』（『Na・サインチョクトがモンゴル国にいた時の「手書き本」詩集』）、öbür mongɤul-un arad-un keblel-ün qoriy-a, 1999

na.sayinčoɤtu『teüke-yin onggerelte』（『自伝』）、一九五三年、手書き。

h.buyanbatu『na.sayinčoɤtu-yin oyilaburi』（『Na・サインチョクト論』、öbür mongɤul-un arad-

un keblel-ün qoriy-a, 1987
čaqar töbčüd bayiɤal『mongɤul-unyan tölüge temeülügsen sedkil』gcom pressllc keblei-ün ɤaǰar. 2013
s.üljeyibatu sarančimeg『na.sayinčoɤtu-yin on-u čadiɤ』(『Na・サインチョクト年譜』)、öbür mongɤul-un arad-un keblel-ün qoriy-a, 2004
s.üljeyibatu sarančimeg『na.sayinčoɤtu-yin ǰaɤun ǰil 』(『Na・サインチョクト生誕１００周年』)、öbür mongɤul-un arad-un keblel-ün qoriy-a, 2016
čilaɤu nar『na.sayinčoɤtu sudulul-un ügülel-ün silimel』(『Na・サインチョクト研究論文選集』)、öbür mongɤul-un arad-un keblel-ün qoriy-a, 2000年
ünenči,gendüng,čilaɤu ǰaɤar nayiraɤuluɤsan『na.sayinčoɤtu sudulul-un songɤumal ügülel』(degedü,douradu)(『Na・サインチョクト研究論文集』)、öbür mongɤul-un arad-un keblel-ün qoriy-a, 2000

英語

Christopher P.Atwood. “A Romantic Vision of National Regeneration: Some Unpublished

Works of the Inner Mongolian poet and Essayist, Saichungga," Inner Asia 1 (1999)

あとがき

サイチンガという人物とその作品を追究していくと、時代の荒波に翻弄されたとしか言いようのない彼の人生が、あまりにも矛盾に満ちているように映るところが多々ある。しかし彼自身は「尊厳」「忠実」「忍耐」といった人生の信条を死守しながら、時代を洞察する能力と柔軟な頭脳によって、目まぐるしく変化する彼を取り巻く世界を理解し、それに可能な限り適応しようと努力を重ねてきた結果だったと言えるのだろう。それは彼の絶筆となった詩からも、彼がモンゴル民族のために、誠心誠意、尽くそうとした心情が最後の最後まで変わらなかったことを窺わせてくれる。

本書が出版されるまでに実に多くの方々のお世話になりました。そこでサイチンガの研究を可能にしてくださった方々のお名前をここに挙げ、感謝の意を表したいと思います。

故東洋大学大学院教授で、恩師の菅沼晃先生の激励と指導により、私は「サイチンガの人と作品」を書き上げることができました。

本書に収めた三つの論文の執筆過程で、北海学院大学テレングト・アイトル教授からは、比較文学の視点からそれぞれ適切なコメントを頂きました。

また資料収集の際、東京外国語大学名誉教授二木博史先生、新潟大学広川佐保教授、大阪大学内田孝講師、内モンゴル自治区将軍衙署博物館の賽音夫氏には大変お世話になりました。

ローマ字転写では、大正大学窪田新一先生にお世話になりました。本書ではテレングト・アイトル教授をはじめ、静岡大学楊海英教授、中国天津科技大学チョルモン准教授、拓殖大学都馬ナブチ講師の日本語に翻訳したサイチンガの作品と関係資料を活用させて頂きました。最後になりましたが、原稿に目を通して、言語表現と植民地文学の視点から指導してくださった東京都立大学名誉教授南雲智先生に感謝申し上げます。

本書出版に際しては森下紀夫論創社社長のお世話になり、厚くお礼を申し上げます。そのほか、お名前は挙げませんが多くの方々のご協力をいただいて、ようやく本書の出版が可能となりました。あらためて感謝申し上げます。

二〇一八年十月十九日　東京にて

都馬バイカル

都馬 バイカル（とば・ばいかる）

1963年、中国内モンゴル自治区シリンゴル盟正藍旗生まれ。1990年、内モンゴル師範大学大学院修了。モンゴル史専攻。1991年、来日。2000年、東洋大学大学院博士後期課程修了。インド哲学・仏教学専攻。文学博士。2001年、新潟産業大学、2008年から桜美林大学准教授。日本モンゴル学会理事、教育史学会会員。主な論著：『内モンゴル歴史概要』（共訳）、『サイチンガ作品集』、『モンゴルのためにつとめた詩人―サイチンガ』（キリル文字）、「モンゴル帝国時代の仏教とキリスト教―カラコルムの宗教弁論大会を中心として―」、「モンゴルのオルドス地域におけるキリスト教の過去と現在―ウーシン旗の「エルケウン」について」等。

サイチンガ研究――内モンゴル現代文学の礎を築いた詩人・教育者・翻訳家

2018年11月20日　初版第1刷印刷
2018年11月30日　初版第1刷発行

著　者　都馬バイカル
発行者　森下紀夫
発行所　論 創 社
東京都千代田区神田神保町 2-23　北井ビル（〒101-0051）
tel. 03（3264）5254　fax. 03（3264）5232　web. http://www.ronso.co.jp/
振替口座 00160-1-155266

装幀／宗利淳一
印刷・製本／中央精版印刷　組版／ダーツフィールド

ISBN978-4-8460-1778-1